KB036259

변변찮은 마술강사와 금기교전
Akashic records of bastard magic instructor
22

Akashic records of bastard magic instructor

CONTENTS

저티스
로우판
“좋아! 마음껏 해 보라고,
글렌! 보여줘!
너 자신의 「정의」를!”

"우오오오오오오오오오오오오오오오!"
글렌
레이더스

변변찮은 마술강사와 금기교전 22

Akashic records of bastard magic instructor

히츠지 타로 지음
미시마 쿠로네 일러스트
최승원 옮김

교전은 만물의 예지를 관장하고, 창조하며, 장악한다.
그러하기에 그것은
인류를 파멸로 인도하게 되리라——.

『멜갈리우스의 천공성』 저자: 롤랑 엘트리아

Akashic records of bastard magic instructor

Character

Main

시스티나 피벨

고지식한 우등생. 위대한 마술사였던 조부의 꿈을 자기 힘으로 이뤄내기 위해 흔들림 없는 정열을 바치는 소녀.

글렌 레이더스

마술을 싫어하는 마술강사. 만사에 무책임하고 의욕 제로. 마술사로서도 삼류라서 장점은 전혀 없는 셈. 그런 그의 진정한 모습은—?

루미아 틴젤

청초하고 마음씨 고운 소녀. 누구에게도 밝힐 수 없는 비밀을 가지고 있으며 친구인 시스티나와 함께 열심히 마술 공부에 매진하고 있다.

리엘 레이포드

글렌의 전 동료. 연금술로 고속 연성한 대검을 다룬다. 근접 전투에서 비교할 자가 없는 이색적인 마도사.

알베르트 프레이저

글렌의 전 동료. 제국 궁정 마도사단 특무분실 소속. 신기에 가까운 마술 저격이 특기인 굉장한 실력의 마도사.

엘레노아 샤레트

알리시아의 직속 시녀장 겸 비서관. 하지만 그 정체는 하늘의 지혜 연구회가 제국 정부로 보낸 밀정.

세리카 아르포네아

제국 마술 학원 교수. 글렌의 스승인 동시에 길러준 부모이기도 한 수수께끼가 많은 여성.

Character

Academy

웬디 나블레스

글렌이 담당하는 반의 여학생. 지방 유력 명문 귀족 출신. 자부심이 강하고 권위적인 성격의 세상 물정 모르는 아가씨.

린 티티스

글렌이 담당하는 반의 여학생. 약간 내성적이고 체격도 작아서 귀여운 동물처럼 보이는 소녀. 자신감이 없어서 고민이 많다.

기블 위즈덤

글렌이 담당하는 반의 남학생. 시스티나 다음가는 우등생이지만 결코 주변과 어울리려 하지 않는 냉소주의자.

카슈 윙거

글렌이 담당하는 반의 남학생. 덩치가 크고 튼실한 체격. 성격이 밝고 글렌에게 호의적이다.

세실 클레이튼

글렌이 담당하는 반의 남학생. 조용한 독서가. 집중력이 높아서 마술 저격에 재능이 있다.

할리 아스트레이

제국 마술 학원의 베테랑 강사. 마술 명문 아스트레이 가문 출신. 전통적인 마술사와는 거리가 먼 글렌에게 공격적이다.

마술

Magic

—

룬어라고 불리는 마술 언어로 구성한 마술식으로 수많은 초자연 현상을 일으키는
이 세계의 마술사에게 지극히『당연한』기술.
영창하는 주문의 구절과 마디 수,
템포, 술자의 정신상태에 따라 자유자재로 형태를 바꾸는 것이 특징.

교전

Bible

—

천공의 성을 주제로 삼은 지극히 아동 취향인 옛날이야기로 세계에 널리 퍼져 있다.
그러나 그 소실된 원본(교전)에는
이 세계에 관한 중대한 진실이 적혀 있다고 전해지며, 그 수수께끼를 좇는 자에게는
어째선지 불행이 닥친다고 한다.

알자노 제국 마술학원

Arzano Imperial Magic Academy

—

약 4백 년 전, 당시의 여왕 알리시아 3세의 주도로 거액의 국비를 투입해서
설립한 국영 마술사 육성 전문학교.
오늘날 대륙에서 알자노 제국이 마도대국으로 명성을
떨치는 기반을 만든 학교이자, 늘 시대의 최첨단 마술을 배우는
최고봉의 교육 기관으로서 주변 국가에 널리 알려져 있다.
현재 제국의 고명한 마술사 대부분이 이 학원의 졸업생이다.

Keyword

단장 21→0

그날. 그때. 그 장소에서.

그자는 신과 대치했다.

아주 거대하고.

아주 사악하고.

아주 강대하고.

참으로 끔찍한.

———.

『꺄하하하하하하하하하하! 아하하하하하하하하하하! 아하하하하하하하하하하하하하하! 꺄하하하하하하하하하하하하하하―.』

어느 변경의 벽촌에 있는 한 광장에 소녀의 조소가 끝없이 울려 퍼지고 있었다.

마치 세상의 온갖 더러운 소리와 불쾌한 소리를 응축시킨 듯한 역겨운 소리면서도, 지고의 악기와 연주가들이 모여 신의 영역에 닿은 악곡을 합주한 듯한 아름다운 소리.

상반되는 개념이 모순 없이 섞여서 조화를 이룬 그 목소리는, 듣고 있기만 해도 이성이 마모되고 영혼이 붕괴되는 듯한 소리의 형태를 한 맹독이었다.

그것이 대기를 통해 전파되어 이 세상의 모든 것을 침식하고 부식시켰다.

그렇게 소리로 된 저주를 흩뿌리는 존재는…… 확실히 그 목소리에 어울리는 끔찍한 존재였다.

분명 인간의 모습을 하고 있기는 했다. 언뜻 보기엔 청순가련한 소녀다.

하나 본질은 전혀 다르다. 사기다.

영적인 시야로 들여다보면 그곳에 존재하는 것은 나락처럼 펼쳐진 심연.

이 세상의 모든 「사악한 것」을 모아 한데 응축시킨 듯한 혼돈.

그야말로 인간의 모습을 한 심연의 밑바닥.

만천의 색채와 혼돈이 자아내는 순수하면서도 「무구한 어둠」이었다.

『어때요? 아셨나요? 이해하셨나요? 납득하셨나요? 체념하고 받아들일 마음의 준비는 되셨나요? 밀랍으로 만든 날개로 하늘에 도전한 왜소하고 사랑스러운 인간 씨! 인간에겐 결코 넘을 수 없는 「벽」이 존재한다는 것을! 당신의 「정의」는— 겨우 그 정도였다는 것을! 꺄하하하하하하! 아하하하하하하하하!』

소녀의 모습을 한 혼돈은 하늘 위에서 비웃었다.

그저 하염없이 계속.

그 조롱은, 모독은 전부 밑에서 소녀를 올려다보는 가엾은 인간을 향했다.

나이가 열 살도 채 되지 않은 듯한 어린 용모의 **소년**이었다.

하지만 그 소년에게서는 정신이 아득해질 정도로 오랜 시간을 살아온 듯한, 기묘하고도 부자연스러운 관록과 존재감이 느껴졌다.

이 세상의 모든 섭리를 이해하고 아득히 먼 미래조차 조망하는 사려 깊은 두 눈.

그 몸에서 흘러넘치는 것만으로도 하나의 세계를 이룬 터무니없는 마력.

소년은 마술사였다.

그것도 평범한 마술사가 아닌 지고의 마술사였다.

이 세상에 존재하는 마술사의 최고위 「제7계제(셉텐데)」 같은 초

라한 칭호로는 결코 담아둘 수 없는, 영원에 가까운 시간 속에서 인지를 초월한 지혜와 힘을 얻어 한없이 진리와 신에 가까워진 인류 최강의 마술사였다.

이 사차원연립병행세계인 차원수(次元樹)가 내포한 모든 세계선의 인간을 통틀어도 이만한 경지에 도달한 마술사는 그밖에 존재하지 않았다.

하지만 그런 인류 최강의 힘과 기술과 지혜를 갖춘 마술사도.

저 바닥을 알 수 없는 악의와 사악한 심연 앞에서는.

소녀의 모습을 한 혼돈 앞에서는 무력한 갓난아기나 다를 바 없었다.

『꺄하하하하하하하하하하하! 말했잖아요! 몇 번을 해봤자 소용없다고! 우후훗, 당신은 정말 머리가 나쁘시네요!』

"……젠장! 누가 이딴 결말을……!"

소녀은 분노와 절망을 드러내며 소녀의 모습을 한 혼돈을 노려보았다.

그러나 방법이 없었다.

저 혼돈을 해치우기 위해 준비해 온 수단은 이미 완전히 소진되었다.

자신의 모든 것을 대가로 바쳐서 싸웠다.

하지만 싸움은 이미 끝나버렸다.

자신의 모든 「정의」를 건 싸움에서 소년은 철두철미할 정도로 패배했다.

여기 이르기까지의 긴 싸움이, 오랜 여정이 지금 이 순간 전부 물거품이 된 것이다.

『자, 그럼 사랑스러운 당신과의 대화도 슬슬 끝을 내야겠네요!』

소년을 실컷 비웃은 소녀의 모습을 한 혼돈이 손가락을 튕기자, 이 세계의 공간 그 자체에 바로 거미집 같은 균열이 일어나더니 유리가 깨지는 듯한 소리와 함께 세상 전체가 퍼즐 조각 같은 파편이 되어 무너지고 새카맣게 암전했다.

그리고 소녀의 모습을 한 혼돈은 그 심연 속으로 녹아들고 있었다.

세상 끝까지 닿을 듯한 커다란 비웃음소리와 함께.

"기다려! 도망치는 거냐?!"

『쿠후훗, 그럴 리가요. 그야 아시잖아요? 제가 진심으로 사랑하는 분. 저와 당신은 운명의 한 쌍. 우리는 언젠가 또 재회할 거랍니다. ……제가 저이고…… 당신이 당신인 이상

은요. **예, 이건 끝이 아니라…… 모든 것의 시작점**이니까요.』

"으, 으아아아아아아아아아아아아아아! 웃기지 마!"

소년은 귀기 어린 표정으로 소녀의 모습을 한 혼돈을 필사적으로 쫓으며 손을 뻗었다.

그러나 닿지 않았다. 너무나도 멀었다.

소녀의 모습을 한 혼돈은 아득히 먼 심연 너머를 향해 빛의 속도로 사라지고 말았다.

"……제길! 젠장! 망할! 빌어먹으으으으으으으으을! 사람을! 사람을 대체 뭘로 보고! ……용서 못 해! 두고 봐! 너만은……너만은 절대로……! 으, 으아아아아아아아아아아아아아아아아아!"

소년의 원한과 분노와 절망이 심연 속으로 허무하게 흩어졌다.

그저 무자비하고, 무의미하고, 무참하게…….

그리고…….

———.

——.

제1장 거성, 떨어지다

르바포스 성력 1854년 노바의 달 1일.

"저티스으으으으으으으으으으으으으으으으으으으으!"

"하하하하하하하하하! 아하하하하하하하하하하하하하하하하!"

불타오르는 페지테의 하늘을 무대로 두 청년이 대치하고 있었다.

한쪽은 과거 세계에서 까마득한 수천 년의 세월을 넘어서 돌아온 글렌.

다른 한쪽은 차원을 초월해서 이 세계에 귀환을 달성한 저티스.

페지테를 무대로 한 하늘의 지혜 연구회의 『최후의 열쇠(라스트 오더)』 작전 발동과 함께 시작된 《최후의 열쇠 병단》과 잔존한 제국군의 최종 전면전쟁은 이 시점에 이르러 새로운 국면을 맞이하려 하고 있었다.

현재 페지테에 모인 모든 이들은 글렌과 저티스를 지켜보고 있었다.

이브도. 리엘도. 알베르트도.

여왕도. 학생들도. 교사들도. 페지테 시민들도. 제국군 장교들도.

이 예상조차 할 수 없는 전개의 결말을 지켜보고 있었다.

아니, 이제는 지켜보는 것밖에 할 수 있는 게 없었다.

"하! 이 타이밍에 네가 튀어나올 줄이야! 설마 갑자기 정의에 눈을 떠서 세계 평화를 위해 힘을 빌려줬다……는 개소리를 하려는 건 아니겠지?"

"하하하, 완전히 틀린 말은 아닐지도? 그야 난 「정의」 그 자체니까 말이야. ……뭐, 안타깝게도 너희가 생각하는 것과는 많이 다르겠지만."

글렌의 빈정거림을 저티스는 변함없이 거만한 태도로 흘려 넘겼다.

"어차피 **이자**의 역할은 이미 끝났어. 그렇다면 그만 이 무대 위에서 퇴장해 줘야겠지. 다음 무대가 기다리고 있으니까."

그리고 그의 왼손에서 뻗은 신철(神鐵)(아다만타이트)의 검이 한 청년의 가슴을 뒤에서부터 꿰뚫고 있었다.

"……커헉! 쿨럭, 쿨럭! 말도 안 돼…… 어, 어떻게 이런……!"

펠로드 베리프.

하늘의 지혜 연구회의 최고지도자. 제3단 《천위》(헤븐스 오더)의 정상, 《대도사》(헤븐).

제국이 성립된 후부터, 아니. 수천 년 전의 까마득히 먼 고대문명 시절부터 자신의 욕망과 목적을 이루기 위해 세상의 이면에서 흡사 위대한 연출가라도 된 것처럼 알자노 제국의 모든 것을 화려하고 교묘하게 조종하며 암약해 온 만악의 근원. 모든 일의 원흉. 거대한 흑막.

그랬던 이가 이토록 싱거운 최후를 맞이하려 하고 있었다.

한 명의 미쳐버린 「정의」의 손에 의해.

『펠로드! 펠로드 님! 정신 차리세요!』

펠로드와 주종 계약을 맺은 《공간의 천사》 레 파리아가 울면서 그에게 매달리려 했지만, 실체가 없는 환영에 불과한 그녀에게는 불가능한 일이었다.

"괜찮아, 난 괜찮아…… 레 파리아……."

그러나 이런 상황에 처해도 역시 《대도사》라는 것일까.

펠로드는 흐느끼는 레 파리아를 안심시키듯 힘없이 웃더니 마지막 남은 힘을 쥐어짜 내듯 마력을 끌어모았다.

"이딴 녀석에게…… 우리의 비원을 망치게 둘 수는 없지! 너무, 우쭐대지 마라! 저티스!"

"……?!"

즉시 부활한 펠로드의 절대적인 마력이 내뿜는 압력에 글렌은 반사적으로 반걸음 정도 뒤로 물러났다.

대체 어디에 저런 힘을 숨기고 있었던 것일까.

그렇다. 그는 《대도사》. 하늘의 지혜 연구회의 최고지도자.
수천 년 전 고대 마법 문명을 쌓아 올리고 지배했던 마왕이자, 인류 최강의 마술사.
그런 그가 이런 곳에서 이 정도로 끝날 리가…….

"아니, 그러니까 넌 이제 끝났다고."

하지만 저티스가 어이없는 눈으로 흑검에 힘을 싣는 동시에 주위에 술식이 고속으로 전개되더니 한 마술법진이 펠로드를 포박했다.
그리고 검은 도신에 기묘한 스파크가 발생한 순간.
"끄, 끄아아아아아아아아아아아아아아아아아아아아아아아악! 아아아아아아아아아아아아아아아아아아아아아아아아아악!"
『히익?! 꺄아아아아아아아아아아아아아아아아아아아아악!』
끔찍한 고통이 펠로드와 레 파리아의 몸을 엄습했다.
"한번 퇴장한 악역이 적절한 사유도 없이 다시 무대로 올라오면 관객들의 흥이 식어버리잖아? 넌 그런 것도 몰라?"
"아아아아아아아아아악! 뭐, 뭐야! 이건……! 우, 움직일 수가……! 저, 저티스…… 너 대체 나한테 무슨 짓을……?!"
"이거 참, 너쯤 되는 사내가 참 무지몽매한 소리를 하네? 뭐, 약속된 전개라는 거지. ……고금동서를 막론하고 마왕을 퇴치하는 건 언제나 「용사가 휘두른 검」이잖아?"

“거, 검……?”

펠로드는 시선을 내려 자신의 흉부를 관통한 피투성이의 흑검을 쳐다보았다.

예전에 저티스가 《철기강장》 아세로 이엘로에게서 빼앗아 왼팔로 대체한 아다만다이트의 검이었다.

하지만 펠로드는 깨달았다.

이 검의 형상. 새겨진 문양. 악랄한 신들의 존재를 부정하는 신비문자.

이 검의 정체는…….

“말도 안 돼! 설마 이건…… **언월도**? **신살자의**……?!”

마치 미지의 공포와 조우한 것처럼 펠로드의 표정이 일그러지는 한편, 저티스는 의기양양하게 비웃음을 흘렸다.

“저티스…… 서, 설마…… 넌…… 네 정체는…… 시, 《신을 참회한…….”

펠로드가 떨리는 목소리로 말한 순간.

파앗!

빛나는 바람이 소용돌이를 그리며 글렌의 주위를 선회했다.

“선생님!”

“……!”

그리고 눈앞에서 벌어지는 이해할 수 없는 사태에 넋을

잃고 있던 글렌 주위에 믿음직한 동료들이 포진했다.

시스티나, 루미아, 남루스, 르 실바.

그녀들은 글렌의 옆으로 나란히 걸음을 옮겨 저티스와 대치했다.

그리고 시스티나는 저티스의 검에 찔린 펠로드를 보고 한 순간 슬픈 눈을 했지만, 곧 눈썹을 곤두세우며 사나운 기세로 외쳤다.

"저티스! 당신…… 대체 무슨 생각이야! 이제 와서 대체 무슨 짓을 하려는 건데!"

"그야 뻔하잖아? 내가 남들 앞에 모습을 드러내는 이유는 언제나 단 하나뿐. ……물론 정의를 집행하기 위해서지."

그렇게 자신만만하게 말한 저티스가 손가락을 튕긴 순간.

두근!

그를 중심으로 대지가, 바다가, 하늘이 불온하게 떨리기 시작했다.

"아, 아, 아아아아아아아아아아아아아아아아아아아아아아아아아아아아아아아아아아아아아아아악!"

『시, 싫어어어어어어어어어어어어어어어어어어어어어어어어어어어어어어어어어!』

펠로드와 레 파리아가 한층 더 고통스럽게 절규했다.

흑검의 칼날에 불길한 신비문자의 나열이 생성되고 붉게 타오르자, 거기에 호응하듯 펠로드의 전신에 대량의 마술 문양이 폭발적으로 떠올랐다.

그리고 그 수수께끼의 문양들은 곧 펠로드의 체표면에서 마치 뭔가에 끌려가는 것처럼 흑검에 흡수되기 시작했다.

저티스의 검이 그의 안에 있는 무언가를 먹고 있는 것이다.

"아아아아아아아악! 이, 이럴 수가…… 이, 이런 말도 안 되는……!"

펠로드는 온 힘을 다해 저항하려 했지만, 마치 육체가 검에 의해 공간 자체에 박제된 것처럼 옴짝달싹도 할 수 없었다.

그렇게 펠로드의 몸속에서 흘러나온 수수께끼의 마술 문양들이 검에 모조리 흡수되는 모습은, 마치 저티스가 펠로드라는 존재를 먹어 치우고 있는 것만 같았다.

그리고 이변은 그뿐만이 아니라 곁에 있는 레 파리아의 몸에도 일어났다.

『아, 아, 아, 이, 이럴 수가…… 내, 내가…… 내가……!』

그녀의 몸이 손끝, 발끝부터 서서히 부서지고 있었다.

마치 지그소 퍼즐의 피스처럼 분해되고 있는 것이다.

그리고 자잘한 파편이 된 레 파리아도 저티스의 검에 빨려 들어가고 있었다.

물론 이것은 저티스가 절대적인 정의의 사도로서 마왕이라는 거악을 심판한다는 단순한 행위일 리 없었다.

이제부터 더 끔찍한 일이 벌어지리라는 것을 예상케 하는 역겨운 광경이었다.

그리고 그 사실을 증명하듯 펠로드와 레 파리아는 그 끔찍한 고통 속에서도 발작하듯 소리쳤다.

"그, 그만둬! 멈춰! 설마 넌……! 그, 그것만은…… 그것만은 제발!"

『싫어어어어어어어! 난 당신의 것이 되고 싶지 않아! 내 목숨은, 존재는…… 아아아아! 누가, 누가 좀 구해줘어어어어어어어어!』

『레 파리아?! 티투스!』

그런 둘을 본 남루스가 비통한 목소리로 외쳤다.

남루스— 라 틸리카에게 레 파리아는 같은 외우주의 신성 《천공의 타움》, 자신이라는 존재의 반쪽이자 쌍둥이 자매다.

그리고 펠로드— 마왕 티투스 쿠뤄도 지금은 완전히 연을 끊었다지만, 옛 마스터였던 존재.

그런 자들의 고통과 절망에 잠긴 모습 앞에서는 도저히 냉정을 유지할 수가 없었다.

하지만 힘을 거의 상실한 지금의 그녀로서는 막을 방법이 없었다.

"야, 저티스. 너, 인마…… 지금 뭐 하는 짓거리야?!"

글렌이 단숨에 거리를 좁혀 주먹을 날렸다.

하지만 저티스가 웃음을 흘리며 오른손을 앞으로 내밀자,

마술법진과 함께 글렌과 그 사이에 단절 공간이 발생했다.

"큭?!"

저티스로 향하는 공간의 연속성이 무너지자 그것을 돌파할 수 없는 글렌의 주먹이 공간의 균열에 가로막혔다.

'이 자식…… 어떻게 이런 힘을 손에 넣은 거지? 대체 어느 틈에?'

이미 인간의 영역을 벗어난 저티스의 기량에 경악하면서도 글렌은 루미아를 돌아보며 외쳤다.

"루미아! 이거, 네 힘으로 어떻게 할 수 없어?!"

"지금의 제 권능이라면 완전히 불가능하진 않겠지만…… 죄송해요. 당장은 무리예요!"

루미아가 초조한 표정으로 균열을 향해 황금 열쇠를 내밀고 마력을 해방했지만, 본인이 말한 대로 아무래도 이 단절 공간을 돌파하려면 시간이 걸릴 것 같았다.

"진정해, 글렌. 마지막 장이 시작될 때까진 아직 시간이 좀 있어."

그렇게 조급해 하는 글렌 일행 앞에서 저티스는 단절 공간을 유지한 채로 느긋하게 말을 걸었다.

"너와 내 오랜만의 재회를 축하하는 겸 천천히 쌓인 이야기라도 풀어보자고. 아무튼…… 정말로 오랜만이니까 말이야. 이 짧은 막간 동안 친목을 다져 보는 것도 나쁘진 않잖아?"

"역겨운 소리는 집어치워!"

"하하하하하하, 역시 변함없구나, 넌. ……뭐, 됐어. 원래대로라면 카페에서 홍차라도 마시면서 단둘이 우아하게 세상 돌아가는 이야기라도 나누고 싶은 참이지만…… 네 반응을 봐선 아무래도 어려울 것 같네. 그럼 네가 얌전히 들을 수밖에 없는 화제, 가장 듣고 싶은 이야기부터 해볼까……? 「왜 내가 여기에 나타났고, 내 진정한 목적이 무엇인지」에 관해서. 어때? 솔직히 듣고 싶지? 궁금하지 않아?"

"……?!"

글렌은 입을 다물 수밖에 없었다.

지금 펠로드— 마왕이라는 존재가 현재진행형으로 저티스에게 잡아먹히고 있는 꼴만 봐도 앞으로 지금까지와는 비교조차 할 수 없는 일이 벌어지리란 것은 틀림없었다.

그렇다면 일단 저티스의 진짜 목적을 알아둬서 나쁠 건 없으리라.

"……그렇지만 내 목적을 밝히기 전에 먼저 이 마왕의 진짜 목적을 제대로 설명해둘 필요가 있을 것 같네."

"하! 그걸 누가 모를 줄 알아? 【성배의 의식】이잖아!"

글렌은 거칠게 말을 내뱉었다.

"그 미친 마왕 자식은…… 금기교전(아카식 레코드)을 손에 넣으려고 지가 무슨 연출가라도 된 것마냥 수천 년도 전부터 뒤에서 몰래 일을 꾸미고 있었다고!"

"호오~ 그렇다면 글렌. 너도 아카식 레코드의 정체에는 도달한 거군?"

"그래. ……말로 표현하기 어려운 「개념」이지만."

그 순간 글렌의 머릿속에 수억 광년에 걸친 영혼의 여행 끝에 **그것**의 편린에 닿은 신비적인 체험의 기억이 떠올랐다.

그렇다. **그것**은 하나이자 전부. 전부이자 하나.

만물의 예지를 관장하고, 장악하고, 지배하는 것.

이 무한한 다원 우주세계에서 가장 먼저 태어난 최초의 영혼인 『원초의 하나』이자.

이 세상의 모든 분기 세계와 모든 차원수의 중심이자, 이 세상에 존재하는 모든 존재의 발생원이자, 특이점.

그런 까닭에 그것에는 이 세상의 모든 정보가 내포되어 있으며 이 세상의 모든 것을 행하는 연차다원전능의 힘이 있었다.

누군가는 그것을 「신(갓)」이라 말했고.

누군가는 그것을 「근원(오리진)」이라 말했고.

누군가는 그것을 「진리(에메스)」라 말했고.

누군가는 그것을 「유출계(아칠루트)」라 말했고.

누군가는 그것을 「하늘(헤븐)」이라 말했고.

누군가는 그것을 「만능의 원망기」라 말했고.

누군가는 그것을 그저 「거대한 기록 매체」에 불과하다고 말했을 터.

즉, 아카식 레코드란 모든 마술사가 추구할 수밖에 없는

지(智)의 최종 도달점.

그것을 손에 넣는 것이야말로 하늘의 지혜 연구회의, 대도사의, 마왕의 진정한 목적이었던 것이다.

“그리고 그걸 위한 【성배의 의식】과 멜갈리우스의 천공성이었어. 그 의식의 산제물로 조정된 수많은 목숨을 의식에 바치면 멜갈리우스의 천공성에서 아카식 레코드에 닿을 수가 있거든. 이 알자노 제국의 인간…… 어쩌면 이웃 레자리아 왕국의 인간들도 말이지. 전부 그 【성배의 의식】에 바치기 위해 오랜 역사 속에서 의도적으로 준비된 산제물이었어. ……그 쓰레기 마왕 자식은 진짜 정신이 아득해질 정도로 오랜 시간을 들여서 이 의식을 준비해 온 셈이지.”

“대단한걸, 글렌. 아무래도 못 본 사이에 위계가 꽤 올랐나 보네? 솔직히 기뻐.”

저티스는 손뼉을 치며 찬사를 보냈다.

“그 말대로야. 이상할 정도로 규모가 크고 경위도 굉장히 복잡해 보이지만, 짧게 요약하면 이 모든 것은 전부 마왕이 「어떤 큰 것을 얻기 위해 수많은 죄 없는 자들을 희생양으로 삼으려는 것」뿐인 진부한 이야기였어. 참고로 보충을 좀 하자면 멜갈리우스의 천공성은 《문의 신》이라 불리는 외우주의 어떤 신성과의 교신소고, 【성배의 의식】은 그 교신소에 에너지를 공급하는 일종의 발전소인 셈이야. 그 《문의 신》이라는 건 이 다원 우주의 모든 시간과 공간에 존재하고 이

다원 우주의 모든 시간과 공간에 접해 있다는 터무니없는 신님인데, 그 《문의 신》의 힘을 이용해서 아카식 레코드에 도달하는 길을 열겠다는 계획이었지만…… 뭐, 이제 와선 아무래도 상관없나.”

저티스는 의미심장하게 쿡쿡 웃고 다시 입을 열었다.

“자, 그럼 여기서 질문 하나. 넌 마왕의 이 【성배의 의식】 계획을 듣고…… 이상하다고 생각한 점 없어? 아마 지금의 너라면 알 수 있을 것 같은데 말이야.”

“뭐? 이상한 점……?”

그러자 옆에서 듣고 있던 시스티나가 고개를 갸웃거렸다.

“이상한 점이 대체 어디 있다는 건데! 마왕의 목적도, 행동원리도 일관적으로 아카식 레코드를 손에 넣겠다는 것에 집중되어 있으니 모순되는 점은 아무것도…….”

“……아니, 있어.”

글렌은 시스티나의 말을 가로막고 단언했다.

“잘 생각해보면…… **부족해**. 【성배의 의식】에 바칠 산제물의 수가.”

“……예?”

“나도 이 세계석에서 얻은 세리카의 마술 지식 덕분에 알게 된 거지만…… 분명 아무리 계산해 봐도 의식에 바쳐야 하는 존재의 총량이 압도적으로 부족해.”

글렌은 붉은 마정석을 강하게 쥐며 진지한 목소리로 말했다.

"한번 생각해 봐, 하얀 고양이. 아카식 레코드는 이 다원 우주에 무수히 존재하는 모든 세계의 근원…… 즉, 그 수없이 많은 세계를 전부 더한 것이나 다름없는 존재량을 갖고 있어. 그런데 고작 한 분기 세계의 국가 한두 개쯤 바쳤다고 그걸 손에 넣을 수 있을까?"

"듣고 보니…… 확실히 무리일 것 같네요."

마술의 기본은 등가교환. 하나를 얻으려면 다른 하나를 대가로 지불해야 한다.

그 법칙만은 신조차 거스를 수 없다.

"아카식 레코드는 「하나」이자 「전부」. 「전부」이자 「하나」. ……하지만 고작 한 분기 세계에 속한 국가 하나의 모든 생명을 바치는 정도로는 그 「하나」에조차 도달할 수 없어. 적어도 한 분기 세계 규모에 해당하는 존재량…… 즉, 이 세계를 통째로 바치는 수준이 아니라면 아카식 레코드에 닿는 건 도저히……."

"맞아. 부족해."

그러자 저티스가 만족스럽게 그 말을 긍정했다.

"《대도사》…… 마왕의 계획은 사실 불완전했어. 네가 태고의 고대 마법 문명부터 수천 년 동안 쌓아 올린 【성배의 의식】은 결국 미완성품에 불과해. ……안 그래?"

"……?!"

저티스가 싸늘하게 웃으며 말하자 펠로드의 표정이 강하

게 일그러졌다.

"이 정도로 아카식 레코드를 손에 넣는 건 도저히 불가능해! 기껏해야 그 편린…… 뭐, 기껏해야 몇 페이지 정도 뜯어가는 게 한계겠지."

"야, 이제 와서 그딴 건 아무래도 상관없잖아."

글렌은 짜증스럽게 말했다.

"계획이 완전했든 불완전했든 결국 그 빌어먹을 자식이 제국을 제물로 바치려 한 최악의 악당이었다는 사실은 변하지 않아! 그리고 고작 몇 페이지라도 우리들 인간 수준에서는 신에 버금가는 힘인 것도 마찬가지고! 그냥 하고 싶은 말이 있으면 그만 꾸물대고 후딱 말해!"

"오오, 무서워라. 그럼 본론으로 들어갈게."

저티스는 어깨를 으쓱였다.

"그럼 글렌. 넌 혹시……《무구한 어둠》이라는 이름을 알고 있어?"

"……?!"

그건 지금까지의 여정에서 가끔 들은 적 있는 이름이었다.

알리시아 3세의 수기 속 세계에서.

고대의《비탄의 탑》89층에 있던《마황인장》아르 칸의 입에서.

펠로드가 보여준 신비한 체험, 수억 광년의 영혼의 여로 끝에《의식의 바다》에서 그것으로 추정되는 존재와 접촉한

적도 있었다.

대체 무슨 수를 써서 따르게 한 건지는 알 수 없지만, 마리아 루텔을 핵으로 삼아 현재진행형으로 세계 각지에 뿌리를 내리고 성장 중인 사신병도 따지고 보면 원래는 《무구한 어둠》의 권속이었을 터.

"그 표정…… 역시 너라면 당연히 알고 있을 줄 알았어!"

저티스가 뜨거운 눈빛을 보내며 웃었다.

"《문의 신》! 《염왕 크투가》! 《금색의 뇌제》! 《풍신 이타콰》! 그리고…… 《천공의 타움》! 그리고 그밖에도 이 차원수의 바깥쪽인 외우주에는 절대적인 힘을 가진 수많은 신성들이 존재해! 기본적으로 그들은 무색의 폭력에 불과하기에 선악 개념 같은 게 존재하지 않아! 따라서 그들을 「신」이라 부르는 건 원래 잘못된 거지. 인지를 초월한 존재를 인간이 그렇게 표현한 것에 불과하니까. 하지만 몇몇 예외는 있어. 그중 하나가 바로…… 《무구한 어둠》."

"……!"

"「허무에 웃는 도화사」…… 「기어오는 공포」…… 「얼굴 없는 사악」…… 「어둠의 남자」…… 「혼돈의 짐승」…… 「한탄하는 암흑」…… 그 모두가 《무구한 어둠》의 또 다른 이름. 혼돈스러운 만천의 색채가 자아낸 진정한 어둠인 그자만은 무색이 아닌 시커먼 색으로 존재하고 있어. 그자는 전 우주, 전 세계, 전 지적생명체의 적. 다른 무색의 폭력들과 달리 모든 생명을 농락하고, 자멸시키고, 파멸시키고, 때로는 직접 파멸시켜서 허무로 돌려보내는 존재. ……오로지 스스로의 유열과 욕망만을 위해서 말이야. 무색의 폭력은 신이 될 수 없어. 신이란 스스로의 의지로 인간에게 간섭하고 인간을 이끄는 존재니까. 거대한 힘을 갖는 동시에 위대한 의지를 갖춘 존재니까. 이건 종교적 개념신이든 실존하는 신이든 거스를 수 없는 기본 명제야. 그렇다면…… 스스로의 의지로 인간을 파멸로 이끄는 존재는? 이제 이해하겠지? 글렌. 《무구한 어둠》이 바로……「사신」. 진정한 의미에서 이 세계에 존재하는 유일한「신」이자……「사신」이었던 거야."

그 순간, 펠로드가 숨을 헐떡이며 끼어들었다.

"그, 래……! 맞아……!"

그리고 그는 핏덩이를 한 번 토하고 몸을 떨면서 다시 목소리를 쥐어짜 냈다.

"너희들…… 이 세계의 인간은…… 사, 상상도 할 수 없겠지만! 이 세계는…… 아니, 이 세계뿐만 아니라 이 우주, 이 차원수에 존재하는 모든 분기 세계는…… 항상 그《무구한 어둠》의 표적이 되어 있었어!"

"……뭐?"

글렌은 말문이 막힐 수밖에 없었다.

이야기의 스케일이 갑자기 너무 커져 버렸기 때문이다.

"운명의 별을 읽으면 알 수 있을 거다! ……머지않은 미래에 이 세계에도 《무구한 어둠》이 반드시 올 거라는 걸! 틀림없이! 너희들의 절망…… 위협 그 자체가 저 아득히 먼 하늘 너머에서 이 세계에 찾아오고 있다고! 무자비하고…… 불합리하게도……!"

"……."

"《무구한 어둠》의 표적이 된 세계의 말로는 비참하기 짝이 없어! 그 압도적인 힘으로 세계를 단숨에 먼지로 만들어 버린다면 오히려 다행이겠지! 놈의 취향은 인간 사회에 숨어들고…… 인간의 어리석음과 미숙함에 파고들어서…… 그 세계를 쓰레기통 같은 생지옥으로 만들고…… 마지막에는 꼴사납게 자멸시키는 거다! 여태껏 수많은 분기 세계가 그런 식으로…… 놈의 변덕 때문에 멸망해 왔어! 사실 내가…… 전에 있던 세계도…… 놈 때문에…… 콜록! 쿨럭!"

"……."

"이유는 알 수 없지만…… 《무구한 어둠》은…… 인간이 그런 식으로 바보처럼 자멸해 가는 모습을…… 우스꽝스러운 삶을…… 인간의 비탄을, 절규를…… 고통을, 괴로움을, 절망을…… 무엇보다 사랑하니까!"

"……."

"그래…… 그러니 글렌…… 전에도 말했잖아? 난 그저……."

"「인류를 구원하고 싶었다」. ……아카식 레코드의 힘으로, 라는 거지?"

펠로드가 피를 토하는 심정으로 내뱉은 말을 마무리한 것은 저티스였다.

"글렌. 이자는 말이야. 그 어중간한 【성배의 의식】으로 뜯어낸 아카식 레코드의 파편으로…… 차원수에서 우리들이 사는 이 분기 세계를 잘라내, 외우주로부터 격리하려고 했어. 그렇게 하면 《무구한 어둠》은 이 세계에 간섭할 수 없으니까. 영원히."

"……뭐라고?!"

글렌은 놀라서 외쳤다.

"그런 짓을 하면 이 세계는 더는 어디에도 갈 수 없게 되잖아! 시간의 흐름이 완전히 정체되고 모든 생명의 존재 가치가 사라져 버려! 인간의 의지도, 세계도…… 그저 그 자리에 존재하기만 할 뿐인 장식이 되어 버린다고!"

다시 말해, 과거에 고대에서 귀환한 세리카가 고뇌 끝에 저지르려고 했던 일의 대규모 버전인 셈이었다.

"확실히 문제지. 그런 상태의 인간은 도저히 살아 있다고 볼 수 없으니까 말이야. 하지만 이자는 그 문제에 관해서도 일단 답을 내긴 했어. 이자는 말이지…… 이 세계의 인류 전체와 다 함께 「꿈을 꾸자」고 생각했던 거야."

"……꿈?"

"너도 알다시피 시간과 공간에 얽매인 육체나 영혼과 달리 정신은 자유로워. 본인이 꿈이라고 인식할 수 없는 꿈을 계속 꾼다면…… 그건 살아 있는 것과 다를 바 없다. 인류 전체가 각자 계속 꿈을 꾸고 있다면 세계는 불멸이라고 생각했어. 그게 바로 마왕의…… 《대도사》의…… 이 자의 「최종 목적」이야."

"그, 래…… 그리고 그건 인간의 이상향이기도 해! 멈춰버린 시간 속에서…… 누구나 진정으로 행복한 꿈을 계속 꿀 수 있어! 영원히! 그럼 세계는 더 이상 굶주림과 빈곤, 병마와 전쟁에 시달리지 않아도 돼! 진정한 의미에서 이 세계는 구원받는 거야! 혹시…… 너한테도 있지 않아? 이젠 두 번 다시 되찾을 수 없는 소중한 것, 소중한 사람이! 내가 만들어 낸 꿈 속 이상세계에서는 다시 만날 수 있어! 되찾을 수 있어! 어때? 너도…… 멋지다고 생각하지 않아?"

그 순간, 글렌의 머릿속을 스쳐 지나간 것은 금발과 백발의 두 여성이었다.

"……."

"그걸 위해선…… 어쩔 수 없었어! 나라 한둘쯤 희생하는 정도로…… 언젠가 반드시 찾아올 《무구한 어둠》으로부터…… 다수를 지키려면…… 그 무참하고 무의미하고 지옥 같은 멸망을 피하려면…… 어쩔 수 없었다고! 너도 이해하지? 그래서, 난……!"

"그래, 이해해. 정말이지…… **시시하기 짝이 없군.**"

펠로드의 흔들림 없는 정의와 자신감과 집념을, 저티스가 단칼에 부정했다.

"……어."

그리고 말문이 막혀버린 마왕을 향해 거침없이 말했다.

"그게 네가 수천 년이나 들여서 준비한 음모의 최종 목적이라고? 꿈이라? 꿈속에서 영원히 살아? 그딴 거에 대체 무슨 의미가 있다는 거야. 웃기지도 않는군. 고통과 한탄과 절망을 짊어지고 울면서 자기 발로 걷는 게 사람이잖아? 그런 숭고한 인간성을 네 하잘것없는 개똥철학으로 박탈하려 한 주제에 잘도 구세주라도 된 것마냥 지껄이는군. 이 빌어먹을 쓰레기가. 고통만 제거한 행복한 영원? 그딴 건 이미 인간이 아니야. 타락한 망자지. 네가 하려고 한 짓은 《무구한 어둠》과 무엇 하나 다를 게 없어. 몰살시키느냐, 숨만 붙여놓느냐의 차이일 뿐. 아니, 본인이 옳다고 생각하는 만큼 더 역겹군. 단언하지. 넌 두말할 것 없는 악이자, 타파해야 할 악덕이자, 단죄해야 할 대죄야. 각오하도록. 내가 네 죄를 심판해주지."

저티스는 세상 전체가 얼어붙을 듯한 싸늘한 비웃음을 흘렸다.

"그, 그 정도는…… 나도 알아! 사실…… 내가 잘못됐다는 것도……!"

하지만 펠로드는 마지막 힘을 쥐어짜 내 저티스의 검을 움켜잡았다.

"하지만, **두려웠어**! 그거라도 하고 있지 않으면…… 제정신을 유지할 수가 없었다고! 무참하게 짓밟혀 버린 예전 세계의 기억이, 아무리 세월이 흘러도 머릿속에서 떨어지지 않는단 말이다!"

『……**티투스**…… 당신은 설마…… 그래서?』

남루스는 감정을 읽을 수 없는 표정으로 그런 펠로드를 가만히 지켜보았다. 지켜볼 수밖에 없었다.

그리고 펠로드는 이 자리에 있는 모든 이에게 질문을 던졌다. 이토록 긴 세월을 살아오면서도 찾지 못했던 질문의 답을 바라며 간절한 목소리로 애원했다.

"하지만…… 그럼 대체 내가 뭘 어떻게 했어야 돼? 이 세계를 지키려면…… 내가 대체 뭘 했어야 됐냐고!"

"뭐, 간단한 문제네."

그러자 저티스가 가장 먼저 아무렇지 않게 대답했다.

"죽여 버리면 되는 거 아냐? ……《무구한 어둠을》."

""""……""""

그 순간, 이 자리에 있는 모두가 경악했다. 경악할 수밖에 없었다.

그리고 동시에 이렇게 생각했다.

—이 자식, 지금 대체 뭔 소리를 하는 거지?

"왜 다들 이런 단순한 해결책을 떠올리지 못하는 거야? 그런 사악한 신이 이 세계를 위협한다면 그냥 냉큼 해치워 버리면 되지. 그게 바로 인간으로서 바람직한 모습이 아닐까? 인간이 **고작 신 따위**에 굴복해서야 되겠어? 수많은 희생을 치르더라도 거친 자연과 포악한 외적을 지혜와 용기로 극복하며 미래를 개척해 나가는 존재가 바로 인간이잖아? 인간의 강함이자 고귀함이잖아? 네가 그 봉인지에서 나와 접촉했을 때…… 네가 지금처럼 타협하지 않고 사악한 신을 죽이자고 제안했다면 나도 손을 잡는 걸 고려해 봤을지도 모를 텐데 말이야."

"……."

외우주의 사신. 심지어 그중에서도 최강격의 존재를 죽이겠다.

너무나도 스케일이 큰 나머지 이 자리에 있는 대부분이 그 말의 진정한 의미를 실감하지 못했지만, 글렌과 시스티나는 아니었다.

어떤 신비한 체험을 통해 자신들의 왜소함과 무지함을 알고, 인지를 초월한 「거대한 것」을 인식한 적이 있었기에 지금 이 순간 떠올릴 수 있는 말은 단 하나뿐이었다.

"……말도, 안 되는, 소리 하지 마!"

그들의 속마음을 대변하듯 펠로드가 외쳤다.

"넌…… 《무구한 어둠》의 두려움을…… 힘을 모르니까 그런 허황된 소리를 지껄일 수 있는 거라고!"

"아니, 알고 있어. 응. 그 누구보다 아주 자알 알고 있지."

"가능할 리가…… 없잖아! 인간의 몸으로…… 신에게 저항하겠다니…… 그런 일이, 가능할 리가 없어!"

"가능해. 할 수 있어. 난 이 세계의 시점으로 지금으로부터 3년 전 《봉인지》에서 네 덕분에 이 세계의 진정한 모습과 내가 내 모든 것을 걸고 해치워야 할 사악한 존재, 내가 뛰어넘어야 할 자의 정체를 알게 된 그날부터…… **아니, 정확히 따지자면 어릴 때부터** ……늘 그걸 위해 살아왔으니까!"

흔들림 없는 신념과 광기로 점철된 얼굴로 선언한 저티스가 팔을 휘두른 순간.

두근…….

페지테가, 아니. 이 세계가 태동했다.

"뭐, 뭐지?"

대지가 흔들렸다.

페지테에 있는 모든 인간이 대지가 외치는 불온한 통곡을 듣고 허둥댔다.

이윽고, 페지테 전체가 붉게 빛나기 시작했다.

하늘을 찌르는 거대한 붉은 빛의 기둥이 페지테와 그 주위를 감싸 안은 것이다.

『이, 이건 설마……! 【성배의 의식】이 발동했어?! 말도 안 돼! 어떻게?』

남루스가 당황하며 외쳤다.

"별것 아냐. 내가 이 자한테서, 이 자가 수천 년 동안 쌓아 온 걸 전부 강탈했거든. 【성배의 의식】의 제어 권능…… 신앙병기 《사신병》의 지배 권능…… 《공간의 천사》 레 파리아의 계약과 그 권능…… 천공성의 주도권…… 그 전부를 모조리."

시선을 돌리자 레 파리아의 모습은 이미 어디에도 찾아볼 수 없었다. 완전히 분해된 그녀의 존재는 전부 저티스에게 흡수되었기 때문이다.

"왜 이런 짓을 하느냐고 묻고 싶은 표정이네? 말했잖아? 바로잡기 위해서야. 이 마왕이 쌓아 올린 걸 내가 올바른 형태로 이어받기 위해…… 이 세계에 진정한 정의를 세우기 위해서 말이지!"

"저티스!"

그제야 정신이 돌아온 글렌이 외쳤다.

"너…… 설마 페지테 사람들을 【성배의 의식】에 바치고 아카식 레코드를 가로채려는 거냐?!"

"너무하네, 글렌. 내가 이제 와서 그런 쪼잔한 짓을 할 리 없잖아? 설마 날 그런 눈으로 봤다니, 좀 슬프네."

"닥쳐! 이 빌어먹을 자식아!"

"애초에 넌 내 말을 듣긴 한 거야? 그런 짓을 해 봤자 진정한 아카식 레코드는 얻을 수 없어. 기껏해야 그 편린…… 몇 페이지를 뜯어내는 정도지. 그런 짓을 해 봤자 의미 없잖아? 고작 그 정도에 죽어줄 정도로 《무구한 어둠》이 만만한 존재가 아니라는 것 정도는 상상이 가지 않아?"

그 순간.

파앗!

페지테를 뒤덮고 있던 붉은 빛의 기둥이 사방으로 퍼져 나갔다.

빛은 페지테를 중심으로 빛의 속도로 알자노 제국을, 셀포드 대륙을, 이 르바포스 세계 전체를 질주하며 뒤덮었다.

그리고 동시에 하늘이 뒤틀렸다.

차원과 공간이 일그러진 것이다.

일부의 인간은 방금 전 세계의 하늘이 지상으로부터 일정한 고도를 경계로 물리법칙이 전혀 통하지 않는 이계로 변했음을 이해했다.

그리고 **전 세계의 하늘**에 『멜갈리우스의 천공성』이 출현했다.

모든 국가의, 모든 인간의 머리 위를 무겁게 짓누르는 것처럼 동일하게 나타난 것이다.

그렇다고 천공성의 수가 늘어난 것은 아니었다. 천공성은 원래 하나뿐이다.

어쩌면 시공의 뒤틀림에 의한 현상일까.

지상의, 이 세계의 모든 것이 천공성의 바로 밑에 놓이게 된 순간이었다.

그리고 빛이 멈추자, 하늘은 피로 물든 것처럼 새빨갰다.

전 세계의 하늘이 파멸적인 황혼의 색으로 물든 것이다.

페지테 주민들은 대체 무슨 일이 일어난 건지 몰라 눈을 깜빡이며 서로 시선을 교환했다.

아마 지금쯤 이 자리에 없는 이 세계의 모든 인간이 별안간 머리 위에 출현한 성의 모습과 새빨갛게 물든 하늘의 색을 보고 너나 할 것 없이 의문을 느끼며 똑같이 눈을 깜빡이고 있으리라.

"……무슨 짓을 한 거지?"

글렌은 몸을 떨면서 물었다.

사실 답은 알고 있었다. 방금 이 세계에 무슨 일이 일어난 건지 적어도 글렌은 알고 있었다.

외장형 정보 마도기 《세계석》.

그것으로부터 얻은 지식과 지혜가 지금 이 세계에 일어난 무시무시한 사태를 강제로 이해하게 만들었기 때문이다.

하지만, 그럼에도 저티스에게 질문을 던질 수밖에 없었다.

"너, 지금 대체 무슨 짓을 한 거냐고오오오오오오오오!"

자신의 생각을 부정해 주기를 바라며.

"【성배의 의식】의 유효 범위를 확장한 것뿐이야. 페지테 주변의 한정된 영역에서…… **전 세계**로."

하지만 저티스는 그 실낱같은 기대를 산산이 부숴버렸다.

그렇다는 것은 즉.

"저티스, 너…… 설마…… 설마?"

"눈치챘나 보네? 하긴 아까 말한 거니까. 고작 한 분기 세계의 국가 하나를 바친 정도로는 아카식 레코드에 절대로 닿을 수 없어. 하지만 한 분기 세계 규모의 존재량— 이 세계를 통째로 바칠 경우 닿을 수 있다면…… 바치면 되잖아?"

그러자 펠로드가 남은 생명을 불사르면서 외쳤다.

"말도 안 돼…… 대체 누구 허락을 받고…… 그런 짓을……."

"허락? 너야말로 무슨 소리야? 마왕."

저티스는 펠로드의 비난을 웃어넘겼다.

"진정한 정의를 집행하는 데 누군가의 허락 따윈 필요 없어! 애당초 내가 하고 있는 짓은 너와 다를 바 없잖아? 다수를 살리기 위해 소수를 희생하는 것. 단지, 그 규모가 차원이 다른 것뿐이지."

그러자 말문이 막혀버린 펠로드 대신 글렌이 나섰다.

"너……! 너, 이 자식! 헛소리 좀 작작……!"

"자, 인간의 혁명이 시작되는 순간이다! 신을 향한 반역의 봉화가 올랐다! 난 이 세계의 모든 것을 희생해서 아카식 레코드를 손에 넣고…… 진정으로 사악한 존재 《무구한 어둠》을 이 손으로 해치우겠어! 이 세계에, 아니. 실례. 사실 내가 말하는 「세계」와 너희들이 말하는 「세계」는 처음부터 근본적인·단어의 정의가 달라! 그러니 다시 말해 주지! 나의 세계— 이 **전 다원 우주**에 진정한 정의를 이룩하겠어! 내가 이 세상 모든 악의 화신인 《무구한 어둠》을 이 손으로 단죄하고, 진정한 의미에서 모든 이를 구원하는 궁극의 《정의의 마법사》가 되어 주마! 하하하하하! 하하하하하하하하하하!"

————.

전 세계의 하늘에 천공성 한 채가 출현한 그날.

세계는 끝이 없는 진정한 절망에 잠겼다.

그렇게 세계의 종언과 붕괴는 너무나도 갑작스럽게 시작되었다.

———.

"엄마…… 저거 뭐야?"

"……응?"

어느 변경의 한 마을에서.

———.

"뭐, 뭐야! 저건!"

"대, 대체, 무슨 일이 일어나는 거지?"

어느 지방의 한 마을에서.

———.

"저저저저, 저, 저, 저건……?!"

"마, 말도 안 돼…… 이런 일은 있을 수 없어!"

어느 나라의 한 도시에서.

대재앙이 일어났다.

그것들은 대지를 쪼개고, 뚫으며 하늘 끝까지 닿을 듯이 튀어나왔다.

그것을 굳이 말로 표현하자면, 「살로 된 기둥」.

기괴한 심해어를 뭉개서 섞은 듯한 역겨운 부정형의 살덩어리.

표면에서 꿈틀거리는 수많은 촉수와 전신에 달린 거대한 눈이 생리적 혐오감을 불러일으키는 이형의 괴물.

구름을 찌르는 탑이나 거인처럼 굴강하며 꼭대기에 달린 입을 거대하게 벌린 그 역겹고도 모독적인 겉모습은 그야말로 혼돈과 광기의 구현.

아아, 누군가는 알고 있으리라.

그리고 그 사실을 바다보다 깊게 후회하며 절망에 잠기리라.

그것의 정체는 바로 《무구한 어둠》의 권속인 《사신병》의 「뿌리」.

르바포스 성력 1600년대에 발발한 마도대전에서 맹위를 떨쳤던 《신앙병기》가 또다시 현세에 구현된 것이다.

그리고 그 대재앙은 이 세계의 모든 곳에서 동시다발적으로 일어났다.

알자노 제국에서.

레자리아 왕국에서.

동쪽의 갈츠에서.

남동부 세리아 동맹의 각 도시 및 각국에서.

남원의 알디아에서.

녹음의 탈리신에서.

사막의 하라사에서.

극동의 일륜국에서.

극남동의 알마네스에서.

평야에서, 바다에서, 초원에서, 산악에서, 습지에서, 숲에서, 설원에서, 해협에서, 육지에서, 계곡에서, 하천에서, 산맥에서, 초원에서, 구릉에서, 늪지에서, 평원에서, 삼림에서, 대지에서, 호숫가에서.

이 세계의 모든 장소에서 그 「살로 된 기둥」들이 연속적으로 솟아올랐다.

그리고 꼭대기에 달린 큰 입과 동체에 늘어선 입들을 벌리고.

세계를 먹어 치우기 시작했다.

전 세계가 절망과 공포에 물든 순간이었다.

———.

"하하하하하하하하하! 아하하하하하하하하하하하하하하!"

"저티스으으으으으으으으으으으으으으으으!"

페지테의 하늘에 저티스의 열광적인 웃음소리와 글렌의

분노에 찬 고함이 한없이 뒤섞였다.

그 하늘 위에서는 저티스의 마술로 이 르바포스 세계 각지에서 벌어지는 상황이 찍힌 영상이 거대한 파노라마 형태로 출력되고 있었다.

형언할 수 없을 정도로 끔찍한 무언가에 의해 세계가 침식되고 먹히는 그 광경은.

먹힌 부분부터 「허무」로 변하는 그 광경은.

광기와 절망과 공포로 사람들이 도망쳐 다니는 그 광경은.

그야말로 지옥도였다.

"이해했어, 글렌? 난 이렇게 《사신병》의 뿌리를 이용해서 【성배의 의식】에 이 세계를 전부 바치고 아카식 레코드를 손에 넣을 거야. 애당초 마왕에 의해 탄생해 배덕의 죄로 점철되어 있는 이 알자노 제국도…… 이렇게 세계라는 장작을 태워서 내 정의의 불을 지피는 화로의 역할을 다한다면 그 죄를 씻을 수 있을 테니 일석이조겠지?"

"네 멋대로…… 무슨 소릴……!"

"뒷일은 나한테 맡겨 둬, 글렌! 난 반드시 《무구한 어둠》을 해치워서 정의를 이룰 테니까! 너희들의, 이 세계의 희생을 절대로 헛되게 하지 않겠어! 절대로 물러서지 않겠다는 각오로 《무구한 어둠》에게 도전하겠다고 약속하지! 하하하하하하하하하하하하하하하하하하하!"

"그, 그만해애애애애애애애애애애애애애애!"

그런 저티스에게 애원한 것은 다름 아닌 펠로드였다.

"제발…… 멈춰! 그만해! 지금 네가 무슨 짓을 하는지 알기나 해?! 《사신병》의 운용은 협력자…… 파웰의 존재가 반드시 필요해! 그가 소멸해 버린 지금 네가 《사신병》을 함부로 움직였다간……!"

"그게 내가 바라던 바야."

저티스는 태연하게 대답했다.

그 대화에 대체 어떤 의미가 있었던 건지 펠로드는 넋을 잃고 입만 뻐끔거릴 뿐이었다.

저티스의 눈에는 달뜬 광기의 빛이 형형하게 빛나고 있었지만, 한편으로는 극도로 연마된 이성과 의지의 빛도 같이 깃들어 있었다.

상반되는 개념을 모순됨 없이 내포한 두 눈.

저티스는 「진심」이었다. 게다가 심지어 「제정신」이었다.

저티스는 신을 죽이겠다는 흔들림 없는 의지를 품었다.

그리고 그걸 가능하게 할 막대한 힘을 그 육체에 담고 있었다.

"말도…… 안 돼…… 네 그 힘은…… 대체 뭐지……?"

펠로드는 피를 한 번 토하더니 저티스에게 힘없이 물었다.

"평범한 인간이…… 어떻게 그런 힘을 가질 수 있는 거지?

어떻게 나를 아득히 뛰어넘은…… 신에 버금가는 마술을……? 평범한 인간인 네가…… 대체 어떻게……?"

"그야 나도 이 영역에 도달하기까지 엄청 고생했거든. 그러니까 대충…… **5억 년쯤 걸렸나.**"

"……뭐?"

"……으응?"

계속해서 터무니없는 말이 튀어나오자, 펠로드뿐만 아니라 글렌도 뇌내 처리 속도가 따라잡질 못했다.

"5, 5억 년……?"

"그래, 5억 년. 뭐, 어떤 인간이든 5억 년 동안 죽어라 공부하면 진리에 한없이 가까운 영역까지 도달할 수 있기 마련이지."

"네, 네가…… 어떻게…… 그런……."

"하하하, 이봐. 마왕. 벌써 잊었어? 그때 날 이 세계에서 이차원으로 추방, 아니. 「유학」을 보내준 당사자면서. 네 덕분에 난 이 다원 우주의 《시간의 끝》에 존재하는 《대도서관》이라 불리는 영역에 도착할 수 있었어. 그곳에는 아카식 레코드만큼은 아니어도 절대적인 예지와 세월의 흐름 속에서 망각된 지식이 쌓이고 있었거든. 거기는 시간의 굴레에서도 해방된 상태라 느긋하게 공부하기에는 그야말로 최적의 장소였지. 당시의 난 그걸 위해 일부러 네 차원 추방에 걸려준 거였어. 당시의 내 위계로는 차원의 벽을 도저히 넘

을 수가 없어서 널 이용했던 거야. ……뭐, 전부 「읽고 있었던」 셈이지.”

“말도 안 돼. ……그 차원 추방에서 《시간의 끝》에 있는 《대도서관》에 닿았다고? 그게 대체 얼마나 천문학적인 확률인 줄…….”

“뭐, 허수의 시공간을 이동하는 방향은 내가 어느 정도 계산해서 제어했지만 말이야.”

저티스는 자랑스럽게 가슴을 펴고 미소 지었다.

“그래도 내 계산대로라면 무사히 《대도서관》에 도달할 확률은…… 769259094829457994285989584
285498525989285879898295829852985
298529542958259828529859284285290
914647029817631536478596006258944
175490873524379070795783652426475
869584736352859085938387637814354
380594375478473254739143276549483
725243647858473625263273838336352
443099876554132456748494300988999
776252798756713242562789900098477
466352441112780099847653554889766
4565132689867756665428990013245638
948765367118299058746465334241177

890397587464653769259094829457994285989584285498525989285879898295829852985298529542958259828529859284285290914647029817631536478596006258944175490873524379070795783652426475869584736352859085938387637814354380594375478473254739143276549483725243647858473625263273838336352443099876554132456748494300988999776252798756713242562789900098477466352441112780099847653554889766456513268986775665428990013245638948765367118299058746465334241177890397587464653분의 1이려나? 조금 불리한 도박이긴 했는데 이긴 건 나였지."

그 말을 들은 순간 펠로드는 이유를 알 수 없는 오한에 몸을 떨 수밖에 없었다.

"아…… 아, 아…… 만약…… 기적이 일어나서, 성공했다고 쳐도…… 5억? 5억 년이라고! 그, 그런 시간을…… 인간의 정신이 버틸 리 없어! 자아를 유지할 리가……!"

"응? 글쎄? 평범하게 유지했는데?"

저티스는 정말 아무렇지 않은 듯이 단언했다.

“음, 뭐. 그거야. 세상엔 이런 말이 있잖아? 「마음은 곧 힘. 강하게 믿고 똑바로 나아가다 보면 소원은 언젠가 반드시 이루어진다」라는 거 아닐까? 솔직히 고작 수백 년이나 수천 년 정도로 자아의 윤곽이 무너지는 인간은 단순히 의지박약이잖아? 안 그래?”

“…….”

제법 흔히 알려진 격언이지만, 일반적인 용법과 근본적으로 다른 저티스의 인용에 펠로드는 그저 경악할 수밖에 없었다.

“저티스…… 넌…… 이미…… 인간이 아니야…….”

이윽고 마지막으로 쥐어짜 낸 그 말을 끝으로 펠로드의 온몸에서 힘이 빠져나가더니 그대로 허공을 향해 추락했다.

“하, 할아버……!”

시스티나가 무심코 손을 내밀 뻔했지만, 아마도 마지막으로 무슨 힘을 쓴 건지 낙하 중이던 펠로드의 몸이 그대로 허공에 녹아들듯 사라졌다.

“……?!”

씁쓸한 표정을 한 시스티나가 그쪽에서 시선을 떼지 못하는 한편, 저티스는 이제 용건이 끝났다는 듯 글렌을 똑바로 응시했다.

챙강!

그리고 마침 일행과 저티스 사이를 가로막고 있던 공간 단절이 루미아의 열쇠로 해제되었다.

그 순간, 이 자리의 모두가 곧 처절한 사투가 벌어지리라 예상했지만.

"……."

"……."

글렌과 저티스는 그저 가만히 서서 서로를 노려보고만 있었다.

새빨간 황혼으로 타오르는 하늘에 차가운 바람이 휘몰아쳤다.

조용하다. 바람 소리밖에 들리지 않는다.

지금 이 순간에도 각지에서 발생한 「뿌리」가 세계를 먹어치우고 있다는 사실이 믿어지지 않을 정도로 이곳만은 고요했다.

그야말로 폭풍전야.

이윽고 그 정적을 깨트리듯.

진정한 최종장, 마지막 무대의 막을 올리듯.

저티스의 목소리가 그 침묵을 깨트렸다.

"글렌, 혹시 기억해? 전에 내가 이런 말을 한 적이 있었지? 언젠가 너와 내 정상결전에 어울리는 최고의 무대를 진심을 담아서 준비해 주겠다고."

"……."

"어때? 지금 그 무대가 갖춰졌어. 우리가 자웅을 겨루기에 어울리는 상황, 어울리는 큰 무대가…… 지금 이 자리에, 마침내 갖춰진 거야."

"……."

"그리고 우리 둘 다 이런저런 우여곡절 끝에 그 무대의 결전에 어울리는 힘을 손에 넣었어."

글렌은 잠시 침묵을 유지한 후.

"이게…… 이딴 게…… 네가 이루려 한 「정의」였냐?"

감정을 읽을 수 없는 묘하게 차가운 목소리로 말을 꺼냈다.

"그래, 맞아. 글렌. 이게 바로 내 「정의」야. 완전무결하고, 압도적인…… 절대 정의지."

저티스는 부드럽게 웃으며 뒷말을 이었다.

"이게 정의가 아니면 대체 뭐겠어? 예를 들면 우리가 모르고 있을 뿐이지 이 다원 우주에서 지금 이 순간 이곳과 다른 장소와 시간대에서는…… 몇 개의 세계가 《무구한 어둠》에 의해 처참하게 멸망당하고 있을 거야. 수많은 인간이 절망에 한탄하고 괴로워하면서 《무구한 어둠》의 장난감이 된 채 비참하고 잔혹하게 목숨을 잃고 있겠지. 하지만 이 내가 그 불행과 슬픔의 연쇄를 막겠어. 만악의 근원을 해치우는 것으로. 대신 이 세계가 희생되겠지만…… 다른 세계는 전부 구원받겠지. 이 차원수에 존재하는 수많은 세계가 구원받는 거야. 단 하나의 세계를 희생하는 대신. ……이것이 정의가 아니라면 대체 뭐가 정의겠어?"

"몇 번이고 계속 말하는 건데…… 네 논리는 늘 쓰레기 같아. 네가 무슨 신이라도 된 줄 아냐? 우쭐대지 말라고."

"확실히 조금 우쭐해진 걸지도 모르겠네. 오만해진 걸지도 모르겠어. 인간의 영역을 벗어난 탓일까? 하지만…… 난, 노력했어. 매진했어. 끊임없이 도전했어. 고뇌하고, 괴로워하고, 생각을 거듭하면서 일절 타협하지 않고 힘을 쌓아가며 오로지 앞만 보고 걸어왔어. 그렇게 난 내가 결론을 내린 최고의 「정의」를 네 앞에 제시한 거야. 그런데 넌…… 어떻지? 글렌."

"……?!"

"네 「정의」는 어떻지? 그저 네 손이 닿는 범위의 사람, 시야에 들어오는 세계만 구하면 그걸로 족해? 그런 소설이나 희곡의 주인공 같은 타입의 싸구려 「정의」로 만족하는 거야? 아니면 《무구한 어둠》이라는 절대 악·사악한 존재 앞에서는 눈을 감아 버리고, 세상의 음지에 숨은 악의 따윈 못 본 척하고 거짓된 평화를 누리는 허구의 세계를 그대로 받아들일 건가?"

"닥쳐! 난……!"

"너도 알잖아? 이제 결판을 낼 때가 온 거야, 글렌. 내「정의」와 네「정의」. 어느 쪽이 정말로 위인지…… 드디어, 마침내 결판을 낼 때가 온 거지. 어느 쪽이 진정한《정의의 마법사》가 되기에 어울리는 지를 판가름할 때가 됐어."

그렇게 일방적으로 말을 쏟아낸 저티스가 팔을 위로 휘두르자 천공성의 하부에서 빛이 쏟아지더니 그 눈부신 빛에 휩싸인 저티스의 모습이 서서히 사라지기 시작했다.

"……."

글렌은 묵묵히 그 광경을 지켜볼 수밖에 없었다.

"글렌. 네가 어떤「정의」를 제시하든…… 적어도 네가 사랑하는 이 세계를 현재진행형으로 침식하고 있는 멸망에서 구하려면, 넌 날 죽여야만 해. 맞아. 우리는 서로를 부정하면서 서로의 목숨을 노릴 수밖에 없어. 난 저 멀리 떠 있는 멜갈리우스의 천공성 최심부에서 기다리고 있을게. 말 그대로…… 우리의 최종 결전을 위해."

그 말을 끝으로 저티스의 모습이 사라졌다.

이윽고 하늘에서 내려오는 빛도 멎자, 다시 싸늘한 바람 소리만 들리는 정적이 주변 일대를 지배했다.

"서, 선생님……."

시스티나의 불안한 목소리가 바람을 타고 흩어지는 한편.

"……."

글렌은 하늘에 뜬 환영의 성, 멜갈리우스의 천공성에서 언제까지고 시선을 떼지 못했다.

제2장 모든 것의 끝으로 향하는 여행의 시작

이리하여.

하늘의 지혜 연구회의 《최후의 열쇠(라스트 오더)》 계획—《최후의 열쇠 병단(울티무스 클라비스)》과의 결전이 막을 내렸다.

결과만 놓고 본다면 대승이었다.

《울티무스 클라비스》는 소멸.

하늘의 지혜 연구회의 구성원 및 간부급을 전부 격파.

조직의 최고 지도자인 《대도사》 펠로드 베리프의 행방은 알 수 없게 됐으나, 그는 이미 마술사로서의 능력을 전부 잃어 완전히 재기 불능인 상태.

요컨대, 하늘의 지혜 연구회는 사실상 괴멸한 셈이다.

마침내 제국군은 그 조직과의 오랜 세월에 걸친 투쟁의 역사에 완전한 종지부를 찍은 것이다. 그야말로 역사적인 쾌거였다.

그러나.

공교롭게도 이 타이밍에 새로운 위협, 새로운 절망이 이 세계를 향해 이를 드러냈다.

알자노 제국 궁정 마도사단 특무분실의 전 집행관 넘버 11.

《정의》 저티스 로우판.

바로 그가 이 세계 최대 최흉의 새로운 적으로서 인류의 앞을 막아서며 등장했다.

《대도사》 펠로드 베리프— 마왕이 수천 년간 쌓아온 것을 모조리 강탈하고, 더 큰 재앙을 흩뿌리며 세계 전체를 적대한 것이다.

현재 저티스가 불러들인 수많은 《사신병》의 뿌리가 각지에서 세계 그 자체를 먹어 치우고 있다.

그런 상식을 벗어난, 너무나도 기상천외한 광경과 사태 앞에서 현실감을 느끼지 못했던 페지테 시민들과 알자노 제국 상부의 생존자들도.

시간이 지나고 머리가 식는 동시에 세계 각지에서 잇따라 날아 들어온 절망적인 보고를 접하며 서서히 사태를 실감하고 확신했다.

지금 이 세계는 서서히 멸망을 향해 나아가고 있다고.

종언의 때가 온 것이라고.

———.

그리고 페지테에서의 결전으로부터 사흘이라는 시간이 바쁘게 흘러가고.

르바포스 성력 1854년 노바의 달 4일.

『각지의 상황은 여기까지입니다. 여왕 폐하.』
“고마워요, 추기경.”

이곳은 페지테의 알자노 제국 마술학원 본관에 있는 한 공간.
지난 싸움의 여파로 보기에도 안타까울 정도로 엉망이 된 방이었지만, 그런 이곳이 알자노 제국 원수인 알리시아 7세의 현 임시 집무실이었다.
현재 이 안에는 마도 통신 법진과 기재와 거대한 결정체가 설치되어 있었고, 그 결정체에서 투사된 빛이 허공에 한 남성의 모습을 비추고 있었다.
흡사 고대의 조각상 같은 단정한 외모라 실제 나이가 마흔을 넘었다는 생각이 조금도 들지 않는 이 미장부의 이름은 파이스 카디스.
이웃나라 레자리아 왕국의 성 엘리사레스 교회 교황청에 소속된 주교급 추기경이자 국왕을 잃고 완전히 기능 부전 상태에 빠진 레자리아 왕국 정부와 교황청을 통괄하고 있는, 사실상 현 레자리아 왕국의 국가 원수나 다름없는 사내였다.
지난 정상회담에서의 암살 사건과 《울티무스 클라비스》에 의해 레자리아 왕국이 다수의 지도자와 국민을 잃고 큰 혼란에 빠진 사이에 운 좋게 생존한 왕국군과 교황청의 신성기사단을 지휘해 피해를 최소한으로 줄여 가며 간신히 국내의 질서를 유지하는 데 성공한 수완가이기도 했다.

하지만 그런 파이스조차 이번 사태는 도저히 감당이 되지 않는지 영상 투사 마술을 통해서 마주한 그의 얼굴은 짙은 피로감으로 인해 초췌해진 상태였다.

『한데 참 신기하고도 기묘한 광경이군요. 이곳, 레자리아 왕국령에서도 고개만 들면 저 천공성을 볼 수 있다니…….』

"그러게요."

『그건 그렇고 세계 각지에 산발적으로 발생한 「뿌리」는…… 이 세계 자체를 서서히 잠식해가고 있습니다. 확실하게 「허무의 공간」을 확장해가고 있는 것이지요. 그 폭식의 진행속도가 그리 빠르지 않다는 점은 그나마 다행입니다만, 각지에서 들어온 정보를 종합해서 계산해 본 결과…… 적어도 한 달 후에는 세계 전체가 완전히 잠식될 거라고 하더군요.』

"……그런……가요."

알리시아는 시선을 내리깔았다.

이 문제에 관해선 제국군도 독자적으로 각지에서 정보를 수집해서 분석했고, 거의 비슷한 결과를 도출했다.

그렇다. 앞으로 한 달.

고작 한 달 뒤면 이 세계는 멸망하리라.

흔적조차 남기지 않고.

"……추기경. 지금 심정이 어떠실지는 이해해요."

알리시아는 이 「뿌리」가 《무구한 어둠의 무녀》 마리아 루텔— 파이스의 친딸을 핵으로 삼아 발생한 것임을 떠올리고 다시 시선을 내리깔았다.

『배려해 주셔서 감사합니다. 하오나 지금은…… 이야기를 계속하죠.』

하지만 파이스는 강철 같은 의지로 감정을 억누르고 다시 본론을 꺼냈다.

『조사 결과, 각지에서 발생한 「뿌리」는 그 하나하나가 독립된 개체인 건 아니었습니다. 저것들은 이를테면 잔가지…… 요컨대, 「제뿌리」에 달린 「곁뿌리」. 모든 「뿌리」는 그 「제뿌리」를 중심으로 지하 영맥(레이라인)을 통해 연결되어 있었습니다.』

"「제뿌리」…… 그렇다는 건, 자유도시 밀라노인가요?"

모든 「뿌리」의 「제뿌리」가 의식의 핵인 《무구한 어둠의 무녀》 마리아 루텔을 중심으로 발생한 장소.

바로 한 달쯤 전 전 세계의 항구적인 평화를 기원하며 열렸던 세계 마술제전의 개최지.

펠로드가 오랜 세월에 걸쳐 준비해 온 사신소환 의식을 결정적인 타이밍에 강탈한 저티스가 발동시킨, 이 파멸로 향해가는 운명의 기점이 되는 땅.

그리고 지금은 이 세계에서 가장 역겨운 모독으로 점철된 땅이기도 했다.

『예. 밀라노에서 발생한 「뿌리」를 제거하면…….』

"이 멸망을 막을 수 있을까요?"

『……어림도 없겠지요.』

깊은 한숨을 내쉰 파이스가 힘없이 고개를 내저었다.

『정찰마술로 조사한 내용을 봐선 의식의 핵심인 《무구한 어둠의 무녀》 마리아 루텔은 이미 다른 곳으로 옮겨졌을 가능성이 큽니다. 레이라인을 역탐지해 조사한 결과…… 그 장소는 저 멜갈리우스의 천공성 중심부일 테고 말입니다.』

"……분명 밀라노에서 저티스에게 의식의 주도권을 빼겨버린 《대도사》의 짓이겠죠. 제삼자가 더 이상 멋대로 개입하는 걸 막으려고요. 하지만 지금 상황으로 봐선…… 상대는 아무래도 이렇게 되는 것조차 「읽고 있었던」 것 같지만요."

『참으로 두려운 사내입니다. 저티스 로우판은…….』

알리시아와 파이스는 밀라노에서 열렸던 정상회의에서 그 자리에 있던 모든 이들을 휘어잡고 상황을 지배했던 무시무시한 남자의 존재를 재차 마음속에 되새겼다.

『아무튼, 「곁뿌리」가 「제뿌리」에서 뻗어난 것인 이상 「제뿌리」를 제거하면 분명 활동이 위축될 겁니다. 이 멸망의 속도를 크게 늦출 수 있을 터.』

"하지만…… 그건 아무래도 어렵겠죠."

알리시아는 원통한 심정으로 눈을 감았다.

이유는 단순했다. **전력이 부족**하기 때문이다.

저번 결전에서 제국과 왕국의 전력이 완전히 소모된 것도 있지만, 그 이상으로 《사신병》과 맞서 싸울 수 있는 근본적인 전력이 부족했다.

『다행히도 여왕 폐하…… 당신께서 전에 하셨던 연설이 효과가 있었습니다. 당시 《불꽃의 7일간》에 이은 밀라노 사변…… 제2차 마도대전이 발발할지도 모른다는 위기 상황 때 당신께서 각국 정상을 향해 제창했던 범세계적인 단결과 협력의 필요성. 그 연설 덕분에 각국은 이미 준비를 갖추고 있었고 군도 나름 정비된 상황이지요. 각지에 발생한 뿌리에 대처하기 위해 전력 상당수는 그쪽에 쏠려 있겠지만, 아슬아슬하게 본진을 칠 정도는 남아 있을 겁니다. 그러니 이번에야말로 전 세계가 일치단결해, 2백 년 전의 마도대전 때처럼 세계 연합군을 결성해 밀라노의 「제뿌리」를 치는 것도 불가능하지는 않겠지요. 다만…….』

"솔직히…… 2백 년 전과는 규모가 달라도 너무 다르죠. 이 전 세계적인 혼란 속에서 우리가 얼마나 호흡을 잘 맞춰 싸울 수 있을지……."

『그래도 할 수밖에 없습니다. 싸울 수밖에 없는 겁니다. 우리 인류가 살아남으려면.』

"그렇겠죠. 동의합니다."

이미 한계까지 지친 모습이었던 알리시아 7세는 다시 눈동자에서 의연한 빛을 내비치며 말했다.

"현재 알자노 제국은 이브 이그나이트 원수의 주도하에 군의 재편을 서두르고 있습니다."

『이쪽도 왕국 전체를 샅샅이 뒤져서 시급히 싸울 수 있는 전력을 갖추고 있는 중입니다.』

"남은 건 우리 인류가 얼마나 호흡을 잘 맞춰서 이 미증유의 위기에 대응할 수 있느냐겠죠. 파이스 추기경. 저는 알자노 제국 원수로서 마도 통신을 통해 각국 및 각 세력의 정상들과 연락을 취해 설득과 교섭을 계속해 보겠습니다. 대륙 서부 국가들과 세리아 동맹 쪽은 저에게 맡겨 주세요."

『예. 그렇다면 저는 이어서 계속 성 엘리사레스 교국과 동부 국가들과 교섭을 해 보겠습니다. ……시간 싸움이 되겠군요.』

"피차 중요한 고비가 되겠죠."

『그렇겠지요. 하나 폐하…… 현명하신 당신이라면 이미 알고 계시겠지만.』

파이스가 진지한 표정으로 운을 떼자 알리시아는 입을 다물었다.

『혹여 이 싸움에서 「제뿌리」를 제거한들 사태의 근본적인 해결은 되지 않습니다. 이 미증유의 위기를 극복하려면…….』

"……알아요. 이게 연명조치에 불과하다는 것쯤은. 진정으로 이 세계를 구하려면 저 천공성에서 기다리고 있을 저티스 로우판을 격파하는 수밖에 없겠죠. 이 의식은 그를 해치우지 않는 한 멈추지 않을 테니까요."

알리시아는 이야기를 듣다 의연한 얼굴로 단언했다.

『하오나 폐하…… 현시점에서 이 세계의 하늘은 이미 이계·마경이 되었습니다. 시간과 공간이 완전히 뒤틀려버린 탓에 이곳에서는 지금 거기가 어떤 이치로 돌아가고 있는지 전혀 알 수 없는 상황. ……솔직히 말해, 사지(死地)입니다. 하늘에, 저 천공성에 한번 진입하면 살아 돌아올 수 있으리란 보장은 어디에도 없습니다.』

"그래도."

그리고 흔들림 없이 말했다.

"저는 이 제국을 맡은 여왕으로서, 이 세계를 지키려는 한 나라의 수장으로서…… 이미 각오를 다졌습니다. 설령 **그**가 절 원망하더라도, 증오하게 되더라도…… 명령을 내려야겠죠."

『그렇습니까. ……괴로운 역할을 떠맡기게 된 것 같아 면목이 없군요.』

"제 괴로움 따윈 별것 아니죠. ……**그**에 비하면."

『……**그**에게 아무쪼록 전언을 부탁드리겠습니다. ……무운을 빌겠다고요."

마지막으로 그런 대화를 나눈 둘은 영상을 껐다.

"폐, 폐하……."

알리시아가 정적 속에서 눈두덩이를 누른 채 침묵하고 있자 뒤에서 누군가가 말을 걸어왔다. 그녀의 동향을 지켜보고 있었던 에드와르도 경, 루치아노 경, 릭 학원장과 그의 처 셀피 중 한 명이리라.

"……."

이윽고 알리시아는 다시 뭔가를 결심한 듯한 표정으로 일어나 몸을 돌렸다.

"알자노 제국 마술학원의 학원장 릭 워켄 님."

"예!"

"이 자리에…… **그**를. 귀교의 자랑인 그 마술강사를 시급히 초치해주세요. 이제 우리는…… **그**에게 모든 걸 맡길 수밖에 없으니까요."

"……예."

하명을 받은 릭은 공손하게 대답하며 고개를 숙였다.

———.

그날 알자노 제국 여왕이 한 남성에게 칙명을 내렸다.

—천공성으로 가 전 세계의 역적인 저티스 로우판을 토벌할 것.

—이 세계를 구할 것.

그러자 당사자인 알자노 제국 마술학원의 마술강사— 글렌 레이더스는 두말할 것 없이 그 명령을 받아들였다고 한다.

————.

휘우우, 휘우우…….

알자노 제국 마술학원의 본관 옥상에선 몸이 에일 듯한 찬바람이 불고 있었다.

현재 이 세계는 낮과 밤이라는 개념이 사라졌다.

밤낮을 불문하고 진홍빛으로 물든 하늘은 겨울의 풍물시인 층적운으로 덮여 있었다.

저티스의 온정인지 아니면 다른 목적이 있어선지는 알 수 없지만, 다행히 페지테 근방에는 「곁뿌리」의 출현이 관측되지 않았다.

그래선지 현재 페지테는 이 세계가 현재진행형으로 종언과 파멸을 향해 나아가고 있음을 체감할 수 없을 정도로 평온한 분위기였다.

그리고 고개를 들자마자 눈에 들어오는 것은 변함없이 구름 사이에서 일렁이고 있는 환영의 천공성.

"……."

그런 하늘 아래의 옥상에서 철책에 몸을 기대고 턱을 괸 글렌은 교내의 풍경과 저 멀리 있는 페지테의 거리를 멍하니 응시하고 있었다.

『……뭐 해? 글렌.』

그러자 마침 요정처럼 작은 크기의 소녀가 그의 어깨 위에 나타났다.

루미아와 똑 닮은 얼굴의 그녀의 정체는 글렌과 계약을 맺은 신이자 패밀리어인 《시간의 천사》 라 틸리카— 남루스였다.

『갈 거지? 이 모든 사태를 매듭지으러.』

"응."

"그런데 당신…… 왠지 기운이 없네?"

"……응."

『혹시…… 겁나?』

남루스는 글렌을 배려하는 듯한 목소리로 말했다.

『뭐, 그 심정은 이해해. 그 저티스라는 남자는 아마 우리가 고대에서 싸웠던 마왕 티투스보다 훨씬…….』

"……아니, 솔직히 그 녀석은 눈곱만큼도 안 무서워. 그냥……."

그러자 글렌은 신기할 정도로 평온한 얼굴로 웃음을 흘리더니 고개를 들고 천공성을 올려다보며 말했다.

"아마…… **이제 이곳엔 두 번 다시 못 돌아오겠구나** 하는 생각이 들어서."

『……?!』

남루스의 표정이 딱딱하게 굳었지만, 글렌은 개의치 않고 말을 계속했다.

"어째선지…… 그런 예감이 무지막지하게 들거든. 내가 저티스 자식을 이길 수 있을지 확신은 없지만…… 결과가 어찌 됐든 내가 이곳에 돌아오는 일은, 이제 두 번 다시 없겠구나 싶더라고. 그래서…… 눈에 담아 두려고 했어. 하하, 세리카도…… 이런 심정이었을까?"

『우, 웃기지 마!』

실체가 없어서 소리는 나지 않았지만, 남루스는 그 조막만 한 손으로 글렌의 뺨을 후려쳤다.

『이 세계의 마지막 희망인 당신이 그런 나약한 소릴 하면 어쩔 건데! 지금 당신이 생각해야 할 건 두 가지뿐이야! 저티스를 해치우고 세계를 구하는 것! 그리고 무사히 귀환하는 것! 그 외에는 전부 노이즈라구!』

"……."

『잘 들어! 당신은 말이야, 진짜 죽을 만큼 고생했어! 그러니 모든 일이 끝난 후에는 반드시 보답 받아야만 해! 행복해 져야만 한다구! 가장 고생한 사람이 가장 불행해지는 결말은…… **이제 질렸어**! 그러니까! 시스티나든 루미아든 리엘이든 저 빨강머리 히스테리녀든 상관없어! 다, 당신이 원한다면 나도 후보에 들어가 줄게! 그리고 이 모든 일이 끝난 후에 당신은 그중 아무하고나 적당히 맺어져서 평온하고 즐겁고 행복한 인생을 보내면 돼! 이건 이미 의무라구! 의무!

아, 안 그러면 세리카가…… 세리카가…… 너무……!』

글렌은 자신의 어깨 위에 앉아 떨면서 고개를 숙인 남루스의 머리를 쓰다듬어 주었다.

"……그러게. 세리카는 딱히 날 불행하게 만들고 싶어서 과거에 남아 힘을 마련해 준 게 아닐 텐데 말이야. 미안, 마지막 싸움을 앞두고 신경이 좀 예민해져 있었나 봐."

그리고 불현듯 무슨 생각이 났는지 큭큭 웃었다.

"그건 그렇고 뭐야. 남루스, 너…… 갑자기 누구랑 맺어지라는 건 또 뭔데? 시스티나랑 루미아랑 리엘이야 확실히 나한테 호감이 있는 것 같긴 한데 그건 어디까지나 교사로서고, 이브는 여전히 나랑 앙숙이잖아? 말도 안 돼."

『뭐어?!』

"너도 날 기운 차리게 해 주려고 한 말이겠지만 억지로 후보에 넣을 필요는 없어. 넌 세리카에 대한 의리로 나와 같이 있어 주는 것뿐이니……."

『다, 당신, 바보야? 지금 진심으로 하는 소리? 이 왕 둔탱이 벽창호!』

분기탱천한 남루스가 글렌의 뺨을 마구 때려댔지만, 실체가 없다 보니 이번에도 헛손질로 끝날 뿐이었다.

"……선생님……."

그 순간, 옥상 문이 열리더니 2학년 2반 학생들 전원이 옥상으로 나왔다.

"너, 너희들……."

글렌은 당황한 나머지 눈만 깜빡거렸다.

"선생님…… 사정은 들었어요."

"가시는 거죠? ……이 모든 사태에 결판을 내기 위해…… 저 천공성으로요."

카슈와 웬디가 글렌을 정면으로 직시했다.

"이제 선생님께 전부 맡길 수밖에 없다니……."

세실과 기블이 분한 듯 고개를 떨궜다.

"선생님, 무운을 빌게요."

"무사히…… 반드시 무사히 돌아오셔야 해요?"

테레사와 린도 애원하는 듯한 눈빛으로 바라보았다.

"그건 그렇고…… 우리 선생님도 진짜 먼 곳까지 가 버리신 것 같네."

"그러게. 저 천공성에서 이 세계의 모든 것을 건 결전을 치르는 당사자가 되다니."

"이거 완전 『멜갈리우스의 천공성』 아냐?"

카이와 로드, 그리고 다른 학생들도 저마다 감회 어린 표정으로 대화를 나누었다.

"선생님."

"……선생님."

"글렌."

그리고 세 명의 소녀들이 글렌 앞으로 걸어 나왔다.

당연히 시스티나, 루미아, 리엘이었다.

시스티나는 새하얀 《바람의 외투》를 걸친 모습으로.

루미아는 남루스와 같은 《천공의 타움》의 옷을 입고.

리엘은 제국 궁정 마도사단의 예복 차림으로.

각자가 완전히 준비를 끝마친 모습으로 그를 정면에서 응시하고 있었다.

"너희들……."

글렌은 감정을 읽을 수 없는 표정으로 그녀들을 바라보았다.

"미리 말씀드리는데, 저희는 반드시 따라갈 거예요! 선생님은 저희가 옆에 붙어 있지 않으면 무슨 무모한 짓을 저지르실지 모르니까요!"

시스티나가 가슴을 펴고 자신 있게 선언했다.

"위험한 건 알고 있어요. 이제 두 번 다시 돌아올 수 없을지도 모른다는 것도 충분히요. 그래도 저희는 선생님과 함께 싸우고 싶어요. 누군가를 위해 자신을 희생하려는 게 아니라…… 우리의 미래를 위해, 우리 스스로 싸우고 싶은 거예요."

루미아가 각오를 굳힌 얼굴로 선언했다.

"……응. 난 글렌을 위해, 모두를 지키기 위해 검을 들 거야. 내가 그러고 싶으니까. ……그러니 글렌을 따라갈 거야. 어디까지라도."

여느 때처럼 감정을 알 수 없는 무표정이었지만, 평소보다 긴 그 말 곳곳에는 뜨거운 열기 같은 것이 담겨 있었다.

글렌은 다시 한번 세 사람의 얼굴을 훑어보았다.

그녀들의 결의는, 굳건했다.

각오는, 충분했다.

'그리고 무엇보다…… **강해졌어**.'

글렌은 내심 속으로 미소 지었다.

그녀들을 지도한 교사로서 이보다 기쁜 일은 없으리라.

"글렌. 내 경애하는 마스터. 그녀들을 소중히 여기는 건 알지만…… 당신은 그녀들을 데려가야 해."

그렇게 깊은 감회에 잠겨 있자, 그녀들의 뒤에서 모습을 드러낸 백룡의 소녀 르 실바가 대화에 끼어들었다.

"글렌과 그 남자…… 마왕조차 능가해 버린 마술사 저티스와의 대결은 사상 최고 수준의 전투가 될 거야. 그런 당신들 사이에 끼어들 수 있는 자는 이 세상엔 거의 없어. ……분하지만, 고대룡(에인션트 드래곤)인 나도 무리겠지. 하지만 그녀들은 달라."

르 실바는 눈부신 것을 보는 듯한 표정으로 시스티나, 루미아, 리엘을 돌아보았다.

"이타콰의 신관. 시간과 공간의 천사. 황혼…… 아니, 여명의 검사였지. 그녀들은 각자의 길을 걸어온 끝에 저마다의 「하늘」에 도달한 자들. 그녀들은 당신의 짐이 되지 않아. 분명 힘이 될 거야. 혹시 당신이 그녀들의 힘을 의심하고 있다면……."

"하하하, 아무리 오래 살았다지만 역시 아직 애구나 넌. 르 실바. 그런 게 아냐. 이래서야 어느 세월에 용 티를 벗겠냐?"

쓴웃음을 흘린 글렌이 르 실바의 머리를 거칠게 헤집었다.

"아앗?! 요, 용 차별 반대! 나, 난 그냥 마스터를 걱정해서……!"

르 실바는 외모처럼 정말로 어린애가 된 것마냥 뺨을 부풀리며 항의했다.

"알고 있어. 저 녀석들이 엄청나게 「강하다」는 것쯤은."

그러나 글렌의 차분한 목소리를 듣고, 표정을 본 순간 아무 말도 할 수 없게 되었다.

"하지만 말이다. 그 「강함」이라는 건 단순히 전력이라는 의미에서만이 아니야. 솔직히 그것뿐이라면 데려갈 생각은 없어."

그리고 글렌은 시스티나, 루미아, 리엘 앞에 섰다.

"솔직히 말할게. 이번…… 아니, 이 마지막 싸움은 무지막지할 정도로 위험해. 그리고 저 천공성의 최심부는 아직도 완전히 해명되지 않은 미지의 영역이야. 우리가 고대로 날아가서 마왕이랑 한따까리 했을 때도 거기까진 가 보지도 못했으니 말이지. 저 안에선 대체 무슨 일이 일어날지 몰라. 예상조차 안 돼. 하물며…… 이쪽을 기다리고 있을 저티스는 사상 최강이자 최악의 적이겠지. ……그 마왕이 귀엽게 느껴질 정도로. 교사로서 반드시 너희를 무사히 집으로 돌려보내 주겠다고 폼이라도 잡고 싶은 참이다만, 현실적으로 그런 건 전혀 보장할 수 없어. 그런데도…… 너희는 날 따라와 줄 수 있겠어? 그 힘을…… 내게 빌려 줄 수 있겠어? 나와 함께…… 싸워 줄 수 있겠어?"

그리 말한 글렌이 소녀들을 바라본 순간.

"이 선생님은 진짜, 이제 와서 무슨 말씀을 하시는 거예요!"

망설임 없이 다가온 시스티나가 억지로 그의 손을 쥐고 그 위에 자신의 손을 포갰다.

"저희는 마지막까지 함께예요."

루미아도 망설임 없이 손을 얹었다.

"……응. 같이, 싸울 거야."

당연히 리엘도 가볍게 손을 얹었다.

그것으로— 글렌은 완전히 각오를 굳힐 수 있었다.

더 이상 자신의 둘도 없는 학생들을 의지하는 일에 망설임은 없었다.

아니, 이제 그녀들은 글렌의 학생이 아니었다.

소중한 **동료**였다.

"고맙다, 얘들아. 그럼…… 어디 한번 세계를 구해 보자고!"

———.

다음 날.

르바포스 성력 1854년 노바의 달 5일.

페지테 북쪽 지역에 있는 아르포네아 저택.

"……."

이날 아침 글렌은 자연스럽게 눈이 떠졌다.

침대에서 몸을 일으켜 주위를 둘러본다.

구석에 있는 약간 세월이 느껴지는 책상과 의자. 사방의 벽을 마술 관련 서적이 꽂힌 책장으로 가득 메운, 아무런 장식미도 없는 방.

평소와 다름없는 광경이었다.

원래는 세리카의 서재였으나, 어릴 때 여기 있는 책을 읽으려고 자주 틀어박혀 있다 보니 어느새 자기 방이 되어 버린 경위가 있는 방이었다.

"……."

잠에서 깬 글렌은 식당에서 가볍게 식사를 하고 말없이 나갈 채비를 했다.

늘 애용하는 셔츠, 바지, 넥타이를 평소처럼 대충 입고 수천 년 전의 고대에서 가져온 후드가 달린 망토를 손에 들었다.

귀환한 뒤 일단 세탁은 했지만 원래는 시체에서 루팅한, 꽤 꺼림칙한 사연이 있는 물건이다.

하지만 일견 넝마처럼 보이는 이 망토는 사실 페지테로 귀환할 때 결전을 대비해서 《세계석》의 힘으로 각종 방어 마술을 부여(인챈트)해 둔 덕분에 이 시대의 어지간한 마술사용 로브보다 방어성능이 압도적으로 뛰어났다.

물리적인 공격은 거의 완벽하게 피해를 차단할 수 있고 일반적인 위력의 군용 어설트 스펠조차 전혀 통하지 않을 정도다.

"……그래도 좀 더 나은 거에 인챈트해 둘 걸 그랬나."

잠시 고민하던 글렌은 결국 떨떠름한 얼굴로 망토를 몸에 걸쳤다.

이제 와서 다른 로브로 장비를 교체하는 것도 번거로웠고, 극한까지 집중력이 고조됐던 당시보다 인챈트가 잘 걸릴 거라는 보장도 없기 때문이다.

거기다 사물이라는 건 일정한 시간과 역사를 거칠수록 자연스럽게 영격과 존재의 격이 오르기 마련이라 당시에는 길바닥에서 주운 평범한 망토였지만, 수천 년의 세월을 뛰어넘은 지금은 오히려 전설급 장비나 다름없으니 인챈트 대상으로 이 망토보다 뛰어난 소재는 없었다.

이제는 그저 하다못해 저주에만 걸리지 않기를 빌 뿐이다.

"……자, 그럼."

옷을 다 갈아입은 글렌은 이어서 장비를 정리했다.

전투에 필요한 무기와 도구들은 어젯밤에 준비해뒀다.

마총 페네트레이터와 퀸 킬러는 이젠 필수급 무장이다.

허량석과 이브 카이즐의 옥약을 비롯한 각종 마술 촉매, 마술을 인챈트한 투척용 나이트와 장침, 강사가 내장된 장갑, 호부, 스크롤, 각종 마정석, 권총의 특수탄두, 마술화약 등 집행관 시절에 신세를 졌던 마도구들도 빈틈없이 챙겼다.

그리고 한 장의 카드, 『광대의 아르카나』를 손에 쥐고 바라보았다.

"……."

솔직히 고유마술(오리지널) 【광대의 세계】는 저티스와 상성이 나빴다.

애당초 이제부터 그가 경험하게 될 차원의 전투에 쓸모가 있을 거라는 생각은 들지 않았지만, 그래도 부적 대신 정위치인 가슴 쪽 주머니에 꽂아 넣었다.

그렇게 모든 장비를 갖춘 글렌은 **마지막**으로 그것을 손에 들었다.

붉은 마정석—《세계석》.

과거에 글렌이 세리카에게 선물했었고, 훗날 그녀가 그에게 돌려준 보석을.

"……."

한동안 말없이 그것을 응시하던 글렌이 이윽고 눈을 감고 집중하자 《세계석》이 흐릿해지더니 글렌의 손바닥 안으로 사라졌다.

이미 그와 《세계석》은 일심동체. 언제 어디서든 단숨에 불러낼 수 있었다.

그러자 마치 경애하는 스승이 항상 곁에 있는, 뒤에서 지켜보고 있는 듯한 안심감이 들었다.

그렇게 모든 준비를 마친 글렌은 저택 안을 돌아다녔다.

"……."

세리카의 방, 세리카와 자주 체스를 뒀던 거실, 홀, 계단, 미술품이 장식된 복도, 서고, 세리카와 함께 식사를 했던 식당, 주방, 세리카에게 직접 마술을 배웠던 마술공방, 세리카가 권투를 가르쳐 줬던 앞마당…….

분명 페지테 최악의 사흘간 사건 때 완전히 파괴됐을 텐데 자세히 살펴보면 어린 시절의 기억과 전혀 다르지 않은 상태로 복원되어 있었다.

마치 시간을 되감기라도 한 것처럼.

'……아니, 실제로 **그렇게 된** 거겠지.'

이제 와서 생각해 보면 재건 당시에는 저택 주위를 거대한 천막으로 가려서 내부를 전혀 볼 수 없었던 데다 일꾼이

출입하거나 공사하는 낌새도 전혀 없었다.

그런데도 스노리아 여행을 마치고 돌아와 보니 어느새 말끔히 고쳐져 있어서 당시엔 마치 여우에게 홀린 것 같은 기분이 들기도 했었다.

하지만 《세계석》을 얻은 지금은 알 수 있었다.

세리카라면 그 정도쯤 가능하다는 것을.

'하하하, 역시 평생이 걸려도 넌 못 따라잡을 것 같아.'

마술사로서의 전투능력이라면 세리카에게 필적하는 수준에 도달했지만, 그 외의 분야는 아직 한참 멀었다.

애초에 따지고 보면 그 전투능력조차 세리카에게 빌린 것이었다.

그런 스승의 위대함을 새삼 자각하자 절로 쓴웃음이 흘러나왔다.

그렇게 다양한 추억을 떠올리며 저택 안을 한차례 돌아본 후.

"……다녀올게."

아무도 없는 저택에 인사를 남긴 글렌은 그대로 등을 돌렸다.

———.

느긋하게 페지테 시내를 지나 알자노 제국 마술학원에 도착한 글렌은 약속 장소인 중정으로 발걸음을 옮겼다.

하품을 하며 중정에 도착한 순간.

"오셨어요, 선생님."

"응. 글렌, 기다렸어."

먼저 루미아와 리엘이 그를 맞이했다.

"""와아아아!"""

그리고 폭발적인 환호성이 글렌의 전신을 물리적으로 두들겼다.

"으헉?! 뭐, 뭐야!"

예상치 못한 상황에 눈을 깜빡이며 주위를 두리번거리자 중정에는 이미 제국군 장병들이 원진 형태로 정렬해 있었다.

아무래도 전군까지는 아니겠지만, 이런 비상시인데도 군의 핵심인 상급 장교와 지휘관들이 총출동해 있었다.

그리고 그들은 전원 글렌을 향해 절도 있게 경례했다.

게다가 동서남북에 배치된 학교 건물의 — 저번 전투의 여파로 심하게 훼손되어 있었지만 — 베란다와 창가와 옥상에 모인 수많은 사람이 이쪽을 내려다보고 양팔을 흔들며 환호성을 지르고 있었다.

글렌의 제자들, 마술학원의 학생들, 강사들과 교수들, 성 릴리의 학생들, 크라이토스의 학생들, 페지테 시민들, 경비관들 등등.

이 페지테와, 마술학원과 인연이 있는 수많은 사람이.

지금 최후의 결전을 위해 떠나는 그들을 배웅하기 위해 이 자리에 모인 것이다.

"선배! 후딱 정리하고 돌아오세요오! 제 조수라면 그 정도쯤 식은 죽 먹기라구요오!"

"글렌 선생님! 반드시…… 반드시 무사히 돌아오세요! 저한테 또 공부 가르쳐 주셔야죠!"

그리고 열기에 휩싸인 시민들 중에는 낯익은 얼굴들도 보였다.

"아니, 뭐야? 설마 저 사람들이 전부 우리를 배웅하러 나온 거야? 거 참, 할 일들도 없으시구만."

환호성을 한 몸에 받은 글렌은 머리를 긁적이고 어색하게 웃더니 중정을 향해 걸어갔다.

"……딱히 명령이나 고지를 내린 적은 없는데."

그러자 마침 원진의 중앙에서 기다리고 있던 이브가 말을 걸었다.

“당신이 떠날 거라는 소문을 들은 장병들과 시민들이 멋대로 몰려들어서…… 결국 이렇게 됐어.”

“참 나, 호들갑스럽기는. 저 위에 있는 천공성에 쳐들어가서 바보 한 놈 때려눕히러 가는 것뿐인데 말이지.”

이브와 글렌은 거의 동시에 어깨를 으쓱였다.

“후훗. 모두가 선생님께 희망을 건 거예요. 그리고…… 그 이상으로 선생님을 좋아하니까 모인 걸 거예요. 때때로 믿을 수 없는 기적을 일으켜 주셨던 선생님을요.”

옆에서 걷고 있던 루미아가 살포시 미소 지으며 입을 열었다.

“……내가 대체 뭘 했다고. 저번 전투 때도 막상 중요한 순간엔 자리에 없었는데.”

“자자, 그런 말씀 마시구요.”

“응. 글렌은 좀 더 솔직해져야 해. ……잘은 모르겠지만.”

리엘도 뭔가 아는 척하며 무표정으로 고개를 끄덕인 순간.

“선생님!”

중정 중심부에 있던 시스티나가 글렌을 보고 달려왔다.

“조금 고생했지만 준비는 완벽해요!”

시선을 돌리자 그녀가 있던 곳에는 보기만 해도 두통이 날 정도로 복잡기괴한 고도의 의식 마술법진이 그려져 있었다.

법진의 각 영점에는 다양한 마술촉매가 완벽히 배치되었고 법진 위에는 영맥에서 끌어올린 마력이 흐르고 있었다.

이제 남은 건 의식의 실행과 발동을 기다리는 것뿐이리라.

"……요컨대 이건 발사대 같은 건가."

"예, 맞아요!"

시스티나가 가슴을 펴며 헛기침을 했다.

"제 바람은 차원과 성간을 넘어서 어디까지든 닿는 바람! 그런 제 바람을 쓰면 저희를 직접 저 천공성으로 단숨에 옮길 수 있어요!"

"이야기는 들었다만 정말로 가능할 줄이야…… 너 진짜 무지막지하게 성장했네. 이 정도면 여유 있게 셉텐데급이잖아."

글렌은 어이없는 눈으로 자랑스러운 제자를 다보았다.

원래대로라면 저 페지테, 아니. 전 세계의 하늘 위에 떠 있는 멜갈리우스의 천공성에는 물리적인 수단으로 갈 수 없다.

위상이 다른 공간에 존재하는 환영이기 때문이다.

"뭐, 아무렴 어때. 덕분에 마술학원의 지하미궁으로 내려가서 《비탄의 탑》 최하층에 있는 《예지의 문》을 돌파할 수고를 덜었군. 고맙다."

『맞아. 원래 저 천공성에 가려면 그 방법밖엔 없었으니까. 세계 멸망이 초읽기에 들어선 지금 이건 큰 공로야.』

글렌의 어깨에 앉은 작은 남루스도 감탄하며 고개를 끄덕였다.

『자랑스러워해도 돼, 시스티나. 그 《대도사》조차 천공성에 가려면 《예지의 문》을 통과할 수밖에 없었어. 다시 말해, 지금 당신은 그 마왕조차 못 했던 일을 해낸 거야.』

"저도 이래저래 짊어진 게 많으니까요. 절대로 **그 사람**의 마음을 헛되게 하진 않겠어요. 제가 받은 걸 미래로 연결할 거라구요!"

그런 결의를 내비친 시스티나는 목에 두른 하얀 외투를 꾹 쥐며 지금은 아득히 먼 곳에 있는 **그 사람**을 떠올렸다.

"좋아. ……그럼 안내는 너한테 맡기마, 하얀 고양이."

글렌은 시스티나의 머리에 가볍게 손을 얹었다.

그리고 루미아, 리엘과 시선을 교환한 시스티나는 진지한 표정으로 고개를 끄덕였다.

"자, 그럼 이제부터 슬슬 최종 결전지로 출발할 셈인데…… 다들 무지 바쁠 텐데 일부러 와 줘서 고맙수다."

"……글렌."

글렌이 다시 고개를 돌리자, 그곳에는 조금 전까지 대화를 나눴던 이브와 오른쪽 눈에 다시 봉인의 인챈트가 걸린 붕대를 감은 알베르트가 있었다.

"미안하다. 원래대로라면 나와 이브도 같이 가야 했겠지만……."

"……맞아."

알베르트가 웬일로 말꼬리를 흐렸고 이브도 씁쓸한 얼굴로 동의했다.

그러자 둘 사이에서 모습을 드러낸 르 실바가 대화에 끼어들었다.

“확실히, 내가 보기엔 이브도 알베르트도 이미 천위에 오른 마술사야. 앞으로 있을 전투에서도 분명 주력이 될 수 있겠지만…….”

“참 나, 내가 페지테를 잠깐 비운 사이에 너희도 위계를 올린 거냐.”

『……완전히 천위의 바겐세일이네.』

르 실바의 말을 들은 글렌과 남루스는 어이없는 표정으로 탄식했다.

“아무튼 잘 알고 있으니까 신경 쓰지 마. 이브 이그나이트 원수님은 제국군을 지휘해서 지상 쪽 「뿌리」를 대처하셔야 하잖아? 그리고 솔직히 능력적인 면에서 가장 힘을 빌리고 싶은 넌…….”

“아, 안 돼! 절대로 안 돼!”

글렌이 어깨를 으쓱이고 의미심장한 눈으로 알베르트를 흘겨본 순간, 누군가가 황급히 둘 사이에 끼어들었다.

성 엘리사레스 교회 성당기사단의 제13 성벌 실행부대(라스트 크루세이더스) 소속이었던 루나 프레아였다.

“지금 이 녀석은 더 이상 싸울 수 있는 상태가 아니야! 인간인 주제에 저번 싸움에서 정말로 한계의 한계까지 무모한 짓만 하다 죽을 뻔했고, 실제로 한 번은 죽기까지 했는걸! 실은 지금도 서서 숨만 쉬는 게 고작인데 널 배웅하겠다고 고

집을 써서 어쩔 수 없이 데려온 거라구! 나, 나야 뭐 이 녀석이 어디서 자빠져 죽든 딱히 상관없지만! 빚을 진 상태로 죽게 내버려두는 건 왠지 찝찝하니까! 그러니 이 녀석을 데려가는 건 내가 허가 못 해! 어디 불만 있어? 글렌 레이더스!"

"……완전 속사포네."

글렌은 어째선지 필사적으로 반대하는 루나를 게슴츠레한 눈으로 쳐다보았다.

"그건 그렇고 설마 이 여자가 이쪽으로 와 있었을 줄이야…… 대체 무슨 바람이 분 거야?"

"나도 몰라."

글렌이 설명을 요구했지만, 알베르트는 딱 잘라 무시했다.

"하지만 틀린 말은 아니군. 아쉽지만…… 지금의 난 방해만 될 거다. 아직 몸이 제대로 움직이질 않아."

"나도 마찬가지. 군을 지휘해야 하는 것도 있지만, 저번 전투의 반동으로 마력이 일시적으로 줄어든 상태야. 세실리아 선생님이 시간이 지나면 회복될 거라고 했는데…… 제시간엔 못 맞춘 것 같네."

이브도 분한 표정으로 주먹을 쥐고 시선을 내렸다.

"아니, 애초에 벌써 완전히 회복된 리엘이 이상한 거라고……."

"됐어. 됐어. 너희는 그냥 편히 쉬고 있어. 뭐, 이렇게 말해봤자 너희라면 어차피 지상 쪽을 지키느라 무리할 것 같긴 하다만."

"흥. 뭐, 그런 거다. ……하늘 쪽을 부탁하마, 글렌."

"그래, 맡겨만 둬. 지상 쪽은 부탁해, 파트너."

글렌과 알베르트가 작게 웃으며 말을 주고받았다.

"……글렌."

"왜?"

"……반드시 살아서 돌아와."

이브는 팔짱을 낀 채로 시선을 돌리고 말했다.

"내 부하인 주제에…… 내가 없는 곳에서 멋대로 죽는 건 용서 못 해. 이건…… 명령이야. 명령, 이라구."

"……라져, 실장 각하."

마지막까지 솔직하지 못한 태도에 글렌은 쓴웃음이 나왔다.

"뭐, 지상 쪽은 안심하게나. 글렌 도령!"

그러자 갑자기 모습을 드러낸 버나드가 이브와 알베르트를 동시에 껴안았다.

"반쯤 송장인 이 녀석들은 우리가 잘 돌봐줄 테니까!"

함께 등장한 크리스토프도 동의했다.

"예. 총사령관인 이브 씨가 이끄는 저희 제국군은 에인션트 드래곤인 르 실바 씨와 연계해서 지상을 침식하고 있는 「뿌리」의 침공을 반드시 저지하겠습니다."

"응. 나 열심히 할게."

르 실바가 강하게 동의하는 한편, 조금 슬픈 목소리로 말을 이었다.

"나도 글렌의 패밀리어로서 마지막까지 함께 싸우고 싶었지만…… 이 싸움은 「하늘」에 도달한 마술사가 아니면 방해만 돼. 그러니 하다못해 당신들이 거리낌 없이 전력을 다해 싸울 수 있도록 후환을 제거해 둘게."

"……이것도 중요한 역할이니까요. 아무쪼록 잘 부탁드리겠습니다, 르 실바 씨."

그러자 크리스토프가 위로하듯 고개를 끄덕였다.

"그러니 뒷일은 저희에게 맡기고 선배는 이 세계를…… 그리고 저티스 씨를…… 잘 부탁드립니다."

"그래. 맡겨만 둬. 내가 저티스를 박살내기 전에 세계가 전부 먹혀 버리면 본말전도니까 말이야! 뒷일은 부탁하마! 너희가 있어 줘서 정말 다행이야!"

설령 거리가 멀리 떨어져 있더라도 이렇게 뒤를 지켜 주는 이들이 있다는 것만으로도 속에 묻어 두고 있던 불안이 가시는 듯한 느낌이었다.

그리고 배웅을 나온 건 그들만이 아니었다.

"리엘, 미안. 이럴 때야말로 너랑 함께 싸우고 싶었는데…… 저번에도 그렇고 아직도 역부족이라 정말 면목이 없어!"

"응, 신경 쓰지 마. 내가 엘자 몫만큼 싸워줄게."

리엘 쪽은 엘자가.

"꼭…… 꼭 살아 돌아와, 시스티나."

"걱정하지 마, 엘렌. 지금의 난 엄청 굉장하니까!"

시스티나 쪽은 엘렌이.

"엘미아나."

"어머니……."

그리고 루미아 쪽에는 알리시아 여왕 본인이 와 있었다.

"그를, 글렌을 잘 부탁해요."

"예!"

"그리고 글렌. ……당신도."

루미아와 한차례 대화를 나눈 알리시아는 글렌을 정면으로 응시했다.

"당신도 꼭 무사히 돌아오세요. ……계속 기다리고 있을 테니까요."

"……폐하. 예. 반드시. 그리고 이번에야말로 그때 한 맹세를 지키겠습니다."

글렌은 정중하게 고개를 숙였다.

그렇게 여행을 떠나려는 이들과 저마다 인사를 나누고 마침내 출발할 시간이 되었다.

"그럼 모두들…… 다녀올게."

글렌, 시스티나, 루미아, 리엘이 중정에 그려진 마술법진의 중심부로 걸어가자, 지켜보는 이들의 환호성이 아득히 먼저 하늘까지 닿을 듯이 커졌다.

그런 가운데 네 사람은 서로를 바라보며 고개를 끄덕였다.

"……부탁한다, 시스티나."

"예."

그리고 시스티나는 한 번 심호흡을 하고 눈을 감더니 주문을 영창하기 시작했다.

"《나를 따르라·구풍(颶風)의 백성이여·나는 바람을 다스리는 여왕일지니》!"

시스티나의 외투와 전신에서 어마어마한 마력이 온몸을 불사를 듯한 기세로 상승했고.

"풍천신비(風天神秘)【CLOAK OF WIND】!"

이윽고 그녀를 중심으로 찬란하게 빛나는 바람이 사방으로 빠르게 확산되더니 소용돌이를 그리며 머리카락과 하얀 외투를 휩쓸어 올렸다.

그 환상적인 광경에 지켜보는 이들이 술렁인 순간.

"《인도하라·불러라·약속의 그 땅으로·희망을 싣고·절망을 뿌리치고·나의 빛나는 바람이여·위대한 바람이여·비할 데 없는 바람이여·상냥한 바람이여·삼천세계의 저편까지·불어라·질주하라·그리고 우리의 미래를 엮어·미래로 전달하라》!"

시스티나가 단숨에 영창을 끝마치자 이번에는 발밑에 그린 거대한 마술법진이 새하얗게 타오르며 막대한 양의 빛을 하늘을 향해 내뿜었다.

그리고 한없이 위로 솟구친 그 눈부시고 압도적인 빛은 곧 천공성과 이어졌다.

하늘과 땅을 잇는 빛의 기둥— 꿈으로 이어지는 가교가 탄생한 것이다.

이 순간만큼은 하늘을 불온하게 뒤덮고 있던 붉은 빛도 자취를 감추었다.

이 신성하면서도 아름답고 환상적인 빛에서 느껴지는 것은 그야말로「희망」그 자체였다.

어째선지 가슴이 뜨거워지고 눈가에 자연스럽게 눈물이 맺히기 시작했다.

"선생님!"

"……그래!"

시스티나의 제어를 따라 빛나는 바람이 글렌을 감쌌다.

이어서 루미아도, 리엘도, 시스티나 본인까지.

네 사람의 몸이 마치 중력의 속박에서 해방된 것처럼 공중에 떠올랐다.

"가자!"

글렌이 그렇게 외친 순간, 섬광으로 변한 일행의 몸이 빛의 기둥을 타고 하늘을 향해 단숨에 솟구쳤다.

마치 인류의 소망을 담은 폭죽처럼 한없이 높고, 한없이 멀리.

최후의 결전을 위해 떠나는 그들의 모습을 지켜본 모두의 환호성은 그야말로 그칠 새가 없었다.

남겨진 이들은 글렌 일행의 모습이 완전히 사라진 뒤에도 하늘에서 시선을 떼지 못한 채 그 자리를 벗어나지 않았다.

"……가 버렸네."

하지만 글렌 일행과는 다른 의미에서 제국군과 이 나라의 명운을 쥔 자로서 남들보다 한발 앞서 정신을 차린 이브는 자신이 해야 할 일을 시작하기로 했다.

먼저 여왕, 알리시아에게 시선을 보내자 전부 맡기겠다는 듯 고개를 끄덕였다.

그것을 확인한 이브는 주위에 있는 장교들에게 재빨리 지시를 내리기 시작했다.

"제군! 저들은 우리를 위해 저 무시무시한 하늘로 떠나갔다. 그렇다면 우리도 저들의 용기를, 분투를 결코 헛되게 할 수 없는 바! 명심하라! 마음을 다잡아! 인간이라면 자신의 운명은 자기 손으로 붙잡아라! 저들에게 모든 것을 떠맡기지 마라! 우리의 미래는 우리 손으로 붙잡아야 하는 법! 저들과 우리의 마음은 하나! 손을 맞잡고, 다 함께 힘을 모아 이 세계를 지키는 거다!"

이브가 그렇게 호령을 내리자.

알베르트가, 버나드가, 크리스토프가, 르 실바가, 엘자가, 이 자리에 모인 모든 장병이 힘차게 고개를 끄덕였다.

"이 자리에 있는 전 장병, 모든 전력! 그리고 페지테 교외에 대기 중인 전군에 고한다! 목표는 밀라노! 전군 출격! 진군을 개시하라!"

""""우오오오오오오오오오오오오오오오오오오오오오오오오!""""

그리고 일치단결하여 이 세계를 침식하는 멸망의 중심지인 밀라노를 향해 최후의 행동을 개시했다.

아득히 높은 하늘과.

아득히 넓은 대지.

멀리 떨어진 두 곳에서 진정한 최후의 싸움이 시작되려 하고 있었다.

막간 어느 소녀의 기도

그 소녀는 얕은 잠에 빠져 있었다.

그녀의 이름은 마리아 루텔.

알자노 제국 마술학원의 1학년 여학생으로 지난 세계 마술제전에서 대표 선수단의 일원으로 뽑혔던 인물이자.

저티스의 손에 의해 《무구한 어둠의 무녀》로서 사신소환 의식의 핵이 되어 버린 소녀이기도 했다.

'……'

마리아는 얕은 잠에 빠져 있었다.

의식이 몽롱하다.

마치 심연우주의 허공 속에 홀로 떠 있는 듯한 감각.

자신이 대체 누구였는지도 떠오르지 않는다.

자신과 세계의 경계조차 불분명하다.

마치 자신이 세계의 일부가 된 듯한, 혹은 세계 그 자체가 된 듯한 전능감. 하나 비현실적인 모호한 감각과 맹렬한 수면욕만이 그녀의 의식을 두터운 안개처럼 덮고 있었다.

그렇게 꿈을 꾸는 듯한 기분 속에서 이따금씩 부상하는 의식이 들여다보는 것은 기분 나쁜 농담 같은 광경이자, 완벽한 악몽.

괴물로 전락해 버린 자신이 세계 각지에서 세계 그 자체를 먹고 있는 광경.

너무나도 모독적이고 역겨웠으나, 공포는 없었다. 기피감도, 혐오감도 없었다.
마치 인간으로서의 감각이 마비된 듯한 상태로 그 악몽을 마치 남 일처럼 바라볼 수 있었다.
하지만 그런 식으로 인간성이 대부분 박탈당한 그녀에게도 한 가지 남은 감정이 있었다.
그것은 바로 위기감.
막연하지만 본능은 확실하게 느끼고 있었다.

'……**온다.**'

무엇이 오는지는 알 수 없었다.
하지만 분명이 **온다**. 오고 있다. 접근하고 있었다.
아주 거대하고.
아주 사악하고.

아주 강대하고.

참으로 끔찍한.

그런 형언할 수 없는 모독적인 **무언가**가 다원 우주의 아득히 먼 바깥쪽에서, 어두운 심연 밑바닥에서, 만천의 색채로 엮어낸 진정한 어둠으로 이루어진 혼돈의 소용돌이에서.

그 기척은 서서히. 분명히. 다가오고 있었다.

이대로 있으면 끔찍할 일이 벌어질 터.

돌이킬 수 없는 일이 일어날 터.

세계가 공포와 절망의 진정한 의미를 알게 될 터.

즉, 종언.

하지만 마리아에겐 막을 방법이 없었다.

인간성을 상실한 지금은 거부하고 저항할 의지조차 생기지 않았다.

애당초 그런 감정이 남아 있다 한들 지금의 자신이 대체 뭘 할 수 있을까.

지금의 마리아는 결국 그 **무언가**를 받아들이기 위한 살로 이루어진 그릇에 불과했다.

하지만 그런 상태에서도 한 가지 소망은 남아 있었다.

그것만이 이 몽롱한 의식 속에서 마리아라는 존재를 정의하는 유일한 버팀목이었다.

'……구해 주세요…… 선생님…….'

그 선생이라는 작자가 대체 누구였는지. 어떤 인물이었는지.

무엇 하나 떠오르지 않았다. 얼굴도 기억나지 않았다.

다만 그 사람은 언제 어디선가 약속해 주었다.

그리고 한번 약속한 이상은 반드시 지키는 사람— 이었던 것 같았다.

그래서 마리아는 기도를 멈추지 않을 수 있었다.

'……구해 주세요…… 선생님…… 제가…… 제가 아니게 되기 전에…….'

유감스럽게도 소녀의 기도는 헛된 것이었다.

이제 그 기도는 누구에게도 닿지 않는다. 닿을 리가 없었다.

이미 인간의 몸으로 이룰 수 있는 소망이 아닌 것이다.

그런 인간의 영역을 초월한 소망을 들어줄 수 있는 자는.

그야말로 **신이나 다름없는 존재**뿐일 테니까…….

———.

제3장 슬픈 빛의 하늘

빛이 솟구친다.

빛나는 바람에 감싸진 글렌 일행은 하늘을 향해 세차게 흐르는 빛의 길 속을 달리고 있었다.

눈이 멀 것 같은 눈부신 빛 속을 한없이 높게 올라가자 어느덧 지상이 저 멀리 보이기 시작했다.

떠난 지 얼마 지나지 않았음에도 벌써 지상의 모든 것이 그리워졌다.

중력과 풍압에서 해방되어 물리법칙을 무시한 빛의 바람이 이끄는 대로 아득히 높은 곳에 위치한 천공성을 향해 나아가는 도중, 글렌이 갑자기 입을 열었다.

"뭐, 이러니저러니 해도…… 결국 마지막에는 이 멤버인가."

그리고 별생각 없이 주위를 둘러보자 시스티나, 루미아, 리엘이 눈에 들어왔다.

그녀들도 글렌의 옆에서 하늘을 날아가고 있었다.

"그러게요. ……선생님이 우리 학교에 부임하시고, 리엘이 편입한 뒤로는 늘 이 넷이서 함께였죠."

"응. 왠지 엄청 그리운 기분이야."

"음."

『……잠깐만. 나도 있거든?』

글렌의 어깨 위에 있는 요정 사이즈의 남루스가 왠지 마땅찮은 표정으로 그의 뺨을 찰싹찰싹 때리는 시늉을 냈다.

"아~ 그래. 그래. 그러고 보면 너하고도 이래저래 오래 본 사이지."

『……뭐야. 그 감정이 전혀 안 담긴 말투는. ……흥!』

남루스가 토라져서 시선을 돌리자 시스티나와 루미아가 쿡쿡 웃었다.

"그래도 뭐, 이런 대모험도…… 분명 이걸로 마지막이겠지!"

"그러게."

"응. 나도 그럴 것 같아. 감이지만."

감회 어린 눈으로 천장을 올려다보는 시스티나에게 루미아와 리엘도 동의했다.

"진짜 우여곡절이 많았지만…… 그나마 마지막은 알기 쉽게 간단해졌잖아? 세계의 적이 된 저티스를 우리가 힘을 합쳐 해치우면 끝! 멋지게 세계를 구하고 대단원! 그리고 감동의 엔딩!"

"아하하…… 시스티. 그건 좀 성급한 생각 아닐까? 아직 우리가 이길 수 있을지는……."

"이기는 거야! 아무리 저티스가 격이 다른 강자라고 해도…… 우리가 힘을 합치면 절대로 안 져! 그렇죠? 선생님!"

"……그래."

글렌은 진지한 표정으로 고개를 끄덕였다.

"그리고 선생님…… 그거 아세요?"

"뭘?"

"만약 이 싸움에서 이겨서 세계를 구하면…… 선생님은 진짜 『정의의 마법사』가 되시는 거라구요! 후훗, 선생님의 꿈이 이루어지겠네요?"

시스티나는 장난스럽게 말했다.

"……아아…… 그렇겠네……."

하지만 글렌의 대답이 왠지 모호했다.

이쪽은 전투를 앞에 두고 긴장을 풀기 위해 가벼운 농담을 한 것뿐이었는데 말이다.

"……선생님?"

"응? 왜 그래, 글렌?"

그의 반응이 이상하다는 것을 눈치챈 루미아와 리엘도 고개를 갸웃거렸다.

"아니, 그냥 좀……."

그러자 글렌은 잠시 입을 다물고 말을 골랐다.

"진짜…… 이걸로 끝일까 싶어서."

"……예?"

"저티스를 해치우고 세계를 구하면…… 정말 그걸로 전부 끝나는 걸까……라는 생각이 들었거든."

그리고 다시 입을 다물고 하늘을 질주했다.

그 반응에서 뭔가를 눈치챈 남루스가 어이없는 목소리로 말했다.

『저기, 글렌. 혹시…… 저티스랑 펠로드가 말했던 《무구한 어둠》이 마음에 걸리는 거야?』

"……."

『……아무래도 정답이었나 보네. 하아~ 당신이란 인간은 진짜.』

남루스는 한숨을 내쉬며 이마를 눌렀다.

『글렌. 이건 예를 들어서 하는 말인데…… 알자노 제국에서 1년 동안 예상치 못한 사고나 천재지변으로 사망하는 사람이 대체 몇 명이나 될 것 같아?』

"그, 그건……."

『그리고 당신이 마침 현장에 있어서 그런 사람들을 구했다고 쳐. ……그렇다면 그 자리에 당신이 없어서 사람들을 구하지 못했다면 그것도 당신 책임이야?』

"……그건……."

『미리 말해 두는데 《무구한 어둠》이라는 건 결국 그런 예기치 못한 사고나 천재지변 같은 차원의 개념이야. 인간은 절대로 막을 수 없는 부류라구. 이 차원수에는 별의 숫자만큼 많은 세계가 있어서 당신들이 살아 있는 동안에 《무구한 어둠》과 우연히 접촉할 가능성은 그야말로 천문학적인 확률이야. 이 다원 우주 전체를 통틀어 봐도 《무구한 어둠》의 눈에 띄어서 살해당하는 인간보다 평범하게 천수를 누리는 인간이 압도적으로 많아.』

"……."

『까놓고 말해 그런 걸 진심으로 상대하려고 하는 저티스 쪽이 제정신이 아닌 거라구. 애초에 아카식 레코드를 손에 넣는다 해도 그런 일이 가능할 리 없어. 그러니 이제 슬슬 인간이 할 수 있는 일의 한계를 깨닫고 받아들이도록 해.』

"그런 건…… 나도 알아."

『그럼 그만 표정 좀 풀어. 마이 마스터. 지금 확실한 건 저티스를 쓰러뜨리지 않으면 당신들의 세계가 소멸할 거라는 것. 지금 의식해야 하는 건 마왕조차 뛰어넘은 최강의 적인 저티스를 어떻게 타도하냐는 것. 이 두 가지뿐이야. 지금 당신은 그 밖의 일까지 신경 쓸 여유가 있는 상황이 아니잖아.』

"……."

그 말대로였다.

남루스의 말이 압도적인 정론이었다.

반론의 여지는 전혀 없었다.

하지만…….

'그런데…… 뭐지? 이 답답함은…….'

시스티나와 남루스 말대로 저티스를 쓰러뜨리기만 하면 되는 지극히 단순한 상황임에도 어째선지 마음이 진정되지 않았다.

'이제 와서 대체 왜……?'

이건 예전에도 느껴본 적이 있는 감각이었다.

군에 있을 때, 제국 궁정 마도사단 특무분실의 집행관으로서 전력을 다해 질주했던 무렵.

『정의의 마법사』를 동경해서.

『정의의 마법사』가 되고 싶어서.

그것만을 목표로 단련을 거듭하고 싸워 왔던 시절에 느꼈던 가슴의 술렁임. 갈등.

아무리 노력해도 모든 이를 지키지는 못하고.

지키고 싶었던 것들이 하나둘씩 손가락 사이로 흘러내리고.

간신히 구해 냈을 때의 기쁨보다 구하지 못한 슬픔과 후회만 앞서고.

모든 이를 구원하는『정의의 마법사』같은 건 어디에도 없다는 사실을 깨달았음에도 결국 포기하지 못하고 꼴사납게 발버둥 쳤던 시절의 감각.

그런데 왜 그 당시에 느꼈던 갈등과 허무감이 이제 와서 되살아난 것일까.

『정의의 마법사』라는 망상 따윈 이미 예전에 가슴속에서 지워 버렸을 텐데도.

그토록 소중히 여겼지만, 타협을 거듭하다 결국 가장 지키고 싶었던 것(세라 실바스)조차 지키지 못해서.

마침내 모든 걸 버리고 도망쳐 지금에 이르렀는데.

도대체 왜?

"걱정할 것 없어!"

가슴속에서 소용돌이치는 무거운 통증을 전력을 다해 봉합한 글렌은 주위를 안심시키듯 히죽 웃었다.

"어차피 난 변변찮은 놈이라 내 손에 닿는 범위밖에 못 지켜! 게다가 따지고 보면 저티스는 세라의 원수잖아? 난 세계를 위해서~라든가 모두를 위해~ 같은 고상한 이유보다 개인적인 원한으로 저티스 자식을 박살 내러 가는 것뿐이라고! 어때? 누가 봐도 변변찮은 이유지? 이런 변변찮은 놈한테 세계의 운명을 짊어지게 하다니, 세상 참 요지경 아냐? 하하하하하하하하!"

그리고 일부러 자신을 비하하며 웃음을 터트렸다.

『……그런 거면 다행인데.』

그런 글렌을 흘겨본 남루스가 뭐라 형언할 수 없는 표정을 지었다.

"선생님……."

"……글렌?"

"……."

루미아, 리엘, 시스티나가 왠지 불안한 눈으로 그의 등을 바라본 순간.

『그보다…… 이제 곧이야.』

남루스가 갑자기 경고했다.
"이제 곧?"
『응. 이제 곧 이 세계와 천공성…… 원래는 절대로 교차할 리 없는 다른 위상 차원의 갈림길…… 거기에 저티스가 억지로 전 세계의 하늘과 연결해서 뒤틀대로 뒤틀어 버린 경계선. ……굳이 명칭을 붙이자면 귀환한계선(터닝 포인트)이랄까?』
그 말대로 지금까지 아무런 저항도 없이 순조롭게 날아오르고 있던 글렌 일행은 별안간 전신에 위화감을 느끼기 시작했다.
왠지 모를 이질적인 기척. 인간이 결코 발을 들여선 안 될 영역이 바로 지척까지 다가왔음을 본능이 경고한 것이다.
『조심해, 글렌. 이 터닝 포인트 너머에서는…… **무슨 일이 일어나도 이상하지 않아.**』
남루스는 평소보다 훨씬 진지한 표정으로 귓속말을 건넸다.
『지금의 천공성은 수천 년 전에 당신이 세리카와 함께 진입했을 때하고는 사정이 달라. 저 천공성은 원래 이 세계의 근간 법칙에 막대한 부담을 주고 있던 금단의 비술의 산물이지만…… 마왕이 그럭저럭 제어해서 질서를 유지했던 때와는 전혀 달라. 저티스가 손을 댄 탓에 시간이, 공간이, 차원이, 모든 세계의 섭리와 법칙이 뒤틀려 있어. 저 안에서는 인간의 감정이나 기억, 마음조차 정상적으로 작동하지 않겠지. 저긴 틀림없는 「사지」야. 이젠 무슨 일이 일어날지 알 수 없어. 상상조차 못 해. 그러니…… 조심해!』

그리고 그렇게 경고한 순간.

갑자기 주위에 어둠이 응어리지기 시작했다.

온몸을 훑는 불쾌하고 불온한 감촉. 공간이 비틀려서 찢어지는 듯한 불쾌한 소리.

치명적인 뭔가를 돌파해 버린 듯한 불길한 감각.

바로 지금 일행은 터닝 포인트를 넘어 금단의 영역에 진입하고 만 것이다.

풍경이 단숨에 돌변했다.

"저, 저게 뭐야!"

글렌은 기겁해서 비명을 질렀다.

그곳은 이 세계를 전부 집어삼킬 듯한 거칠고 거대한 태풍의 중심이었다.

천공성을 완전히 에워싸듯 휘몰아치는 세찬 바람.

하늘과 땅을 연결하듯 솟구친 수많은 소용돌이.

시공난류. 시간과 공간의 뒤틀림과 일그러짐이 폭풍이 된 현상이다.

눈앞에선 천공성이 가까워지고 있다. 크고 작은 다양한 형태의 건조물과 결정체에는 신비한 문양이 빼곡하게 새겨져 있고 마력도 충만했다.

하지만 그 성을 구성하는 구조물 전체는 가끔씩 노이즈가 낀 것처럼 영상이 흔들려 보였다.

자세히 보니 멜갈리우스의 천공성은 붕괴되는 중이었다.

느리지만 확실하게. 마치 퍼즐 조각 같은 파편으로 분해되고 있었다.

그 파편들이 차례차례 시간난류 속으로 빨려 들어가는, 마치 이 세계의 종말 같은 광경.

신화의 묵시록 같은 광경.

"……?!"

정신을 차리고 보니 글렌 일행은 이미 하늘로 상승하고 있지 않았다.

천공성을 향해 **낙하**하고 있었다.

위를 올려다보면 무한히 펼쳐진 **대지**.

아래를 내려다보면 무한히 펼쳐진 **하늘**.

뒤를 돌아보자 저 멀리서는 하늘과 땅이 뒤집힌 지평선이 보였다.

중력법칙에서 벗어나 모든 것이 거꾸로 뒤집힌 세계로 글렌은 다시 돌아온 것이다.

"헉, 위험! 조심해, 애들아!"

시공난류에 빨려 들어가는 수많은 파편이 천공성으로 낙하하는 일행을 향해 날아왔다.

대지의 파편, 성의 파편, 성벽의 파편, 결정체의 파편이 마치 유성 무리처럼 짓쳐들어왔고.

"치이잇!"

글렌은 공중에서 몸을 비틀고 발로 차서 파편의 방향을 바꾸고, 파편 위에 착지했다 뛰어내리고, 다시 한 번 착지한 후 커다란 파편에 강사를 날려 와이어액션으로 연달아 회피했다.

"흡!"

시스티나는 빛나는 바람으로 초가속, 배럴 롤의 궤도를 그리며 파편들 사이를 전부 빠져나갔다.

"이이이이이야아아아아아아아압!"

리엘은 대검을 휘둘러 날아오는 거대한 파편을 산산조각으로 파괴했다.

"……큭!"

루미아는 황금 열쇠—《나와 당신의 열쇠》로 공간을 비틀어서 파편들의 궤도를 벗어났다.

"이제 와서 이만 파편 따위에 맞고 죽을 수준은 아니지만…… 이게 대체 어찌된 노릇이지? 왜 천공성이……!"

『분명…… 이제 그의 길고 긴 꿈이 끝나려는 걸 거야.』

글렌이 참혹하게 변해 버린 천공성의 모습을 이를 악물고 내려다보자, 어깨 위에 있던 남루스가 슬픈 목소리로 읊조렸다.

"……뭐? 「꿈」?"

『응, 「꿈」. 나도 방금 겨우 깨달았어. 저 멜갈리우스의 천공성은…… 어느 세계를 살았던 한 남자의…… 장대한 「꿈」이었다는걸.』

"혹시…… 그 남자라는 건 설마……?"

시스티나의 의문에 남루스가 고개를 끄덕이며 대답했다.

『맞아. 《대도사》 펠로드 베리프이자, 당신들이 마왕이라 부르는 남자 티투스 쿠뤄…… 흥, 아니지. 적어도 마지막 정도는 그가 태어난 세계의 언어로 불러줘 볼까?』

그리고 안타까운 눈으로 진지하게 말했다.

『그래. 그의 이름은…… 「타카스 쿠로(高須九郎)」.』

익숙하지 않은 발음과 울림에 글렌 일행은 당황할 수밖에 없었다.

"응? 티…… 투아? 투아카스 크로……?"

『타카스 쿠로야. 타카스 쿠로.』

"으음, 타이카우스 클로…… 타이쿠스 쿠뤄…… 이거, 어째 엄청 발음하기 어려운 이름이네요?"

"그 이상한 언어는 뭐야? 음절 하나마다 모음과 자음이 완전히 일대일로 대응하잖아. 어떻게 그런 촌스러운 발음을 입으로 낼 수가 있는 거지? 난 완전 혀 깨물겠는데."

파편을 피하고 있던 글렌과 시스티나가 신음을 흘리며 난색을 표했다.

『당신들은 「티투스 쿠뤄」면 돼. 그가 원래 있었던 세계…… 그의 고향인 극동의 언어는 이 세계의 인간이 발음하기 무척 어려운 것 같으니 말이야. 「티투스 쿠뤄」는 이 세계의 인간이 쓰는 언어에 맞춘 호칭이었어. 성과 이름이 반대인 건…… 뭐, 이런저런 사정이 있어서고.』

"으, 으응? 남루스, 너 갑자기 그게 무슨……."

글렌 일행이 눈을 깜빡거리는 한편, 남루스는 무너져 내리는 천공성 쪽으로 시선을 내렸다.

『그래, 그랬구나. 이제야 알겠어. 이건…… 그의 「꿈」이었던 거야. 천공성의 모든 것이 그의 「꿈」이었어. ……어쩐지. 그렇다면…… 그가 광기에 빠져 버린 이유는 역시……. 바보네. 당신들 인간은 왜 늘…….』

그리고 혼자 납득하며 입을 다물어버리고 말았다.

일행이 대체 어떻게 반응해야 좋을지 몰라 당혹스러워하자, 이윽고 남루스가 길을 재촉했다.

『서둘러. 붕괴되는 페이스로 봐선 지금 당장 어떻게 되는 건 아니겠지만, 그렇다고 시간이 무한한 건 아냐. 저 성은 머지않아 완전히 소멸하겠지. 거기 휩쓸려 버리면 최악의 경우 돌아갈 수 없게 돼. 그러니 한시라도 빨리 천공성의 중심부로 가자.』

"으, 응……."

그 말대로 떨어지는 속도를 올리려 한 순간.

오싹.

갑자기 느껴진 기이한 감각에 몸이 떨려 왔다.

"뭐, 뭐야? 이 감각은……."

등골이 서늘했다. 마치 별안간 빙하기에 내던져진 것처럼.

이것은, 인간이 자신의 인식과 이해가 미치지 못하는 것에 대해 본능적으로 품는 원초적인 공포에서 기인한 반응이었으리라.

자세히 보니 주위에서 날아다니는 천공성의 크고 작은 파편들의 뾰족한 **귀퉁이**에서 이상한 악취와 함께 연기가 분출되고 있었다.

그리고 그 연기는 곧 넋이 나간 일행 앞에서 서서히 실체화하기 시작했다.

짐승 같은 사족보행 형태, 긴 바늘 같은 혀, 몸 전체를 뒤덮은 푸르뎅뎅한 고름 같은 점액, 박쥐 같은 날개가 달린

「무언가」로.

구체적인 명칭을 언급하지 않는 건 그 모습이 글렌 일행이 아는 그 어떤 생물과도 일치하지 않는 것도 있었지만, 주위에 노이즈가 껴 있는 데다 시도 때도 없이 명멸하며 형태가 계속 변하고 있다 보니 정확히 어떤 모습인지를 인식할 수 없었기 때문이다.

굳이 말하자면 개와 비슷했지만, 역시 근본적으로 뭔가가 달랐다. 애당초 생물학의 근간을 완전히 무시한 듯한 조형의 저것들을 생물이라 부를 수 있을까?

그런 뭐라 형언할 수 없는 역겨운 괴물들이 주위에 느닷없이 대량으로 발생한 것이다.

"뭐, 뭐, 뭐야! 저것들은!"

『……《사냥개》야. 우리가 원래 있던 세계에선 그렇게 불렀어.』

글렌이 기겁하자, 남루스가 나직한 목소리로 대답했다.

『조심해. 여긴 타카스 쿠로의 꿈을 구현한 공간이야. 그리고 악몽 또한 꿈. 천공성이 무너지면서 마음속 깊은 곳에 봉인해 뒀던 그의 다양한 공포의 형태가 구현된 것일 거야. 그러니 본질적으로는 그 《사냥개》와 다른 존재겠지만……포텐셜 자체는 한없이 원본에 가깝겠지. 방심하면 집어삼켜질지도 몰라. 마왕의 악몽 속에!』

현재진행형으로 천공성을 향해 낙하 중인 일행은 자신들을 포위한 괴물들을 돌아보았다.

저것들 하나하나가 전부 인지를 초월한 힘을 지닌 괴물이라는 게 피부로 느껴졌다.

만약 글렌이 《세계석》을 계승하기 전이었다면 절대로 승산이 없었으리라. 절망 앞에 무릎을 꿇고 말았으리라.

"어쩌죠? 선생님!"

"젠장! 그야 이대로 떨어지면서 싸울 수밖에 없잖아!"

글렌은 강하게 자신의 두 뺨을 때리며 용기를 불어넣었다.

"하얀 고양이! 루미아! 리엘! 가자!"

"예!"

"물론이죠!"

"응!"

그리고 일제히 싸울 채비를 갖춘 순간.

""""576아유8이로h지에우이h기유h미j0오p~!""""

뭐라 형언할 수 없는 《사냥개》들이 사방에서 단숨에 덤벼들었다.

그 진행방향에 있는 공간이 오그라들며 뾰족해진 부분을 타고 단숨에 거리를 좁혔다.

놀랍게도 《사냥개》들은 그 뾰족해진 부분을 매개로 시간과 공간을 넘나들고 있었던 것이다.

그렇게 인간은 상상조차 할 수 없는 성질과 신비를 발휘하며 달려든 《사냥개》들이었지만.

"……《바람이여·저지하라》!"

시스티나가 손을 치켜들자 빛나는 바람이 소용돌이를 그리며 《사냥개》들의 움직임을 완전히 멈췄다.

"……루미아! 리엘!"

"응!"

"응."

루미아와 리엘이 즉시 반응했다.

루미아가 황금 열쇠를 꺼내서 위를 향해 반쯤 돌리자 자물쇠가 열리는 듯한 소리와 함께 《사냥개》들이 존재했던 공간에 균열이 생겼다.

그리고 다음 순간, 균열이 닫히는 것과 동시에 수많은 《사냥개》가 허무의 이공간 너머로 추방당했다.

"아야아아아아아아아아아아아아아아아아아아아아아아압!"

그리고 리엘이 대검을 휘둘렀다.

검끝에서 여명 같은 눈부신 은색 검광이 퍼져 나가며 《사냥개》들을 덮치려 하자, 《사냥개》들이 다시 뾰족해진 부분을 매개로 시간을 넘어 도주하려 했다. 하지만 리엘의 은빛 검광은 그 시간조차 뛰어넘어 《사냥개》들을 모조리 양단해 버렸다.

"선생님!"

"알았다!"

글렌은 왼손에 《세계석》을 불러내서 쥐고 빠르게 세리카의 지식을 끌어냈다.

'우리의 율법과 다른 법칙으로 존재하는 이런 외우주의 신격이나 옛 지배자나 개념 존재들에게 통하는 건…… 호오? 딱 맞는 게 있었구만!'

그리고 바로 마술을 골랐다.

하지만 뜻밖에도 그가 선택한 마술은 바로 흑마【게일 블로】. 시스티나도 자주 쓰는 초급 어설트 스펠이었다.

하지만 여기선 세리카의 지혜와 기술을 이용해서 머릿속으로 술식을 즉석에서 마개조해 하나의 속성을 부여했다.

개념 파괴 속성. 섭리를 벗어난 영역에 존재하는 자들에 대한 절대적인 부정.

뿐만 아니라 다차원 평행 세계에서의 주관적 시점인 제1세계— 즉, 이 세계에 존재하는 글렌에게 마력을 응집시키는 증폭 차원식도 연결해서 출력도 256퍼센트 상승시켰다.

"《질주하라 흑풍·달려 나가 멸하라·부정하라!》"

글렌이 내민 왼손에서 검은 돌풍이 마치 포탄 같은 맹렬한 기세로 방출되었다.

신살(神殺) 【게일 블로】.

평범한 흑마술로 개념존재에게 확실한 피해를 입힐 수 있는 신살기였다.

"우오오오오오오오오오오오오오오오오!"

글렌이 날린 검은 돌풍이 주위의 파편들을 모조리 지워버리며 무시무시한 기세로 《사냥개》들을 쓸어버렸다.

"……타이밍을 맞출게요!"

이어서 시스티나도 왼손을 내밀고 무수히 난무하는 바람 칼날을 방출했다.

그렇게 검은 바람과 빛나는 바람이 교차한 다음 순간.

"""9 오 오이우에 g r j 응모 g 응 s 마오 r 고이고 k 지레 eeeeee!"""

갈기갈기 찢어져 버린 《사냥개》들이 살 떨리는 끔찍한 단말마를 내지르며 먼지처럼 분해돼 소멸되었다.

"헹! 어떠냐! 【광대의 일격(페네트레이터)】은 탄수가 한정되어 있으니 너희 정도는 이걸로 충분해!"

『흥…… 이 짧은 시간동안 꽤 그럴 듯해졌는걸. 칭찬해 줄게.』

글렌이 우쭐대는 걸 본 남루스가 어깨를 으쓱였다.

"저희도 제법이죠? 선생님!"

"예. 저희가 힘을 합치면 어떤 적이 상대라도 지지 않을 거예요.”

“응!”

시스티나, 루미아, 리엘도 첫 전투의 승리에 저마다 고개를 끄덕이며 고무된 순간.

갑자기 공간에 유리처럼 금이 생기더니 그대로 깨져나갔다.

“……어?!”

그리고 갑자기 눈부신 빛이 터지더니 일행의 시야가 새하얗게 물들었다.

“대, 대체 무슨 일이…….”

————.

…….

……그건 그렇고.

나, 타카스 쿠로는 늘 이런 생각을 했다.

고개를 들면 눈에 들어오는 높게 우뚝 선 고층 빌딩들. 마천루에 가려진 비좁은 하늘.

아스팔트로 포장된 도로. 교차점을 오가는 남녀노소.

신호등 색이 변할 때마다 인간들로 구성된 큰 물줄기의 흐름이 극적인 변화를 보인다.

하지만 모두가 한 손에 스마트폰을 들고 타인에게는 아무런 관심도 보이지 않는 이곳이야말로 마치 돌로 이루어진 고독한 밀림. 문명의 감옥이 아닐까 하고.

"……."

지나다니는 수많은 자동차는 변함없이 유해한 배기가스를 내뿜어 대기를 더럽히고 있었다. 전기 자동차가 보급되어 봤자 근본적인 해결책은 되지 않을 터.

인구 증가, 식량 부족, 자원 고갈, 해양 오염, 사막화, 감염증의 유행, 지구 온난화, 오존층 파괴, 핵무기…… 마치 암운이 드리워진 것처럼 문제가 산적해 있는 인류의 미래에는 이처럼 불안한 요소밖에 없었다.

SDGs의 개념이 탄생하면서 인류의 의식은 지속 가능한 발전을 향해 조금씩 변해 가고 있기는 했지만, 역시 인류의 어리석음만은 근본적으로 전혀 바뀌지 않았다.

현재 인류는 미래를 향해 나아가고 있는 것처럼 보이면서 조용히 멸망해 가고 있었던 것이다.

그래도 난 이 세계를 사랑했다.

태곳적부터 때때로 전쟁과 재해 같은, 다양한 곤란에 직면하면서도 필사적으로 살아온 이 세계를.

강함과 약함이, 현명함과 어리석음이, 상냥함과 잔혹함이 마치 만화경처럼 천변만화하는 인간이라는 존재를 사랑했다.

그렇기에 일부의 어리석은 인간이 인류의 역사에 막을 내리도록 내버려둘 수는 없었다.

이곳은 서력 20xx년 미국 매사추세츠주의 한 지방 도시.

나, 타카스 쿠로는 그곳을 거점으로 활동하는 인류의 유일한 마술사이자…… 마지막으로 남은 마술사였다.

"타카스 쿠로. 역시 정보대로 《별의 지혜파》 교단은 그 의식을 실행하려는 것 같다."

내 거점인 한산한 오피스에서 한 대학교수가 그런 보고를 했다.

나보다 약간 연상인 이 남자는 나의 협력자이자 동지였다.

"그 컬트교단 놈들…… 《문의 신》을 소환해서 인간 여자를 통해 사생아를 낳게 하려는 모양이더군. 실제로 놈들에게는 그만한 기술력과 자본이 있어."

"역시 던위치 4호 계획의 뒤에 있는 건…… 동족 놈들이야?"

"아마도. 즉, 1913년에 있었던 던위치 마을의 사건이 재현되는 셈이지."

눈앞에 있는 남자는 진심으로 끔찍하다는 듯 머리를 감싸쥐고 몸을 떨었다.

"미쳤어! 놈들은…… 진심으로 새로운 신성을 창조할 생각이야! 심지어 1913년의 던위치를 재현했다면 태어나는 건 쌍둥이…… 그 역겨운 괴물이 둘이나! 이런 만행은 용서받을 수 없어!"

"진정해, 교수."

"아아, 대체 어쩌면 좋지? 그렇지 않아도 지금 이 세계의 이면에선 외우주의 사신 놈들이……."

"진정하라고."

나는 새파랗게 질려서 발광하기 일보 직전인 협력자를 잘 다독였다.

그리고 창밖의 하늘을 올려다보며 입을 열었다.

"인류는…… 정말 대단해. 고도로 발전한 과학기술은 마법과 다르지 않다지만…… 정말 그 말 그대로였어."

돌이켜 보면 2020년대부터 30년대 사이에 기하급수적으로 발전한 과학기술은 어느 순간부터 그 전까지만 해도 미신이라 치부했던 마술과 마법의 영역을 갑자기 빠른 속도로 해명하기 시작했다.

문명의 특이점이, 기술혁신이 일어난 것이다.

각국의 정부는 과학으로 마술을 연구해 이때까지 우리가 감춰 왔던 다양한 신비를 해명했고, 이 세계의 진정한 모습인 다원 우주, 다차원 연립 평행 세계, 차원수의 개념을 밝혀냈다.

그리고 인간이 알아서는 안 될, 닿아서는 안 될 외우주의 신들의 존재를 알아냈다.

우리 마술사들 사이에서 비밀리에 계승해 왔던, 지켜 왔던 신비와 지식이 완전히 백일하에 드러나고 만 것이다.

또한.

극도로 발전한 과학은 사실 마술·마술 의식과 상성이 매우 좋았다.

원래 마술 의식의 발동에는 올바른 지식은 물론이고 술자의 탁월한 기량도 필요하다.

그것들은 술자의 자질과 경험과 감각에 의존하는 경향이 강했다.

예를 들면 정신 집중이거나, 올바른 스펠링이거나, 마력 제어거나, 복잡기괴한 술식 절차 같은.

그러하기에 마술은 마술사라는 전문가밖에 다룰 수 없는 특수한 기술이었다.

그러나 과학은, 그런 전문가들의 존재 의의를 빼앗았다.

막대한 기록 용량의 외부 매체에 필요한 마술지식을 마술사의 두뇌보다도 정밀히 기록하고, 섬세한 마력 제어와 술식 절차는 프로그램으로 완벽히 대체한 것이다.

개인적인 경험, 혹은 인간의 감정이 필요한 마술사의 오의(奧義)조차 고도의 의사 인격이 구축된 AI가 있다면 재현하는 데 전혀 문제될 게 없었다.

이렇게 해서 이 세계의 신비는 과학기술의 일부로 전락하고 말았다.

기이하게도 마술에 의해 밝혀진 이 세계의 진정한 모습이 1900년대 초기에 활약한 미국의 한 괴기·환상 소설가가 창조한 코스믹호러 신화 체계와 흡사했던 건 우연이었을까?

역시 사실은 소설보다 기이하다는 것일까?

물론 과학에 의한 마술은 민간에서 쉽게 접할 수 있는 기술이 아니라 각국 수뇌부에서 은닉하는 극비기술이라는 위치였지만, 과학에 의한 마술의 해명이 인류에 과분한 힘을 가져다주었다는 건 두말 할 필요도 없으리라.

현대의 선악과이자 프로메테우스의 불.

때마침 2020년대 후반부터 전 세계적인 자원고갈과 에너지 부족으로 인해 남의 것을 빼앗지 않으면 생존할 수 없는 암흑시대가 도래했고, 각국이 인류에게 주어진 절대적인 힘인 마술을 병기로 전용하기까지는 그리 긴 시간이 걸리지 않았다.

그러나 마술은 평범한 화기로 쓰기엔 적합하지 않았다. 그런 건 기존의 과학기술로 충분했다.

결국 사람을 죽이는 건 총과 폭탄만으로 충분했고, 전투기나 전차가 있으면 충분했다.

그보다도 인류가 추구한 것은, 필요한 것은 훨씬 더 전략적이고 절대적인 병기.

특히 인류 최강의 병기인 핵무기조차 뛰어넘는 궁극의 병기.

《신앙병기》의 탄생이다.

인류사 이전에 존재했던 태고의 옛 지배자, 외우주의 사신들의 무기화.

지금도 각국의 기관, 비밀결사는 너 나 할 것 없이 그 《신앙병기》를 연구하고 있었다.

인류의 종말은 머지않았다. 황혼이 지척까지 다가와 있었다.

이 창 너머에서는 세계의 이면에서 그런 끔찍하고 모독적인 일이 벌어지고 있음을 꿈에도 모르는 일반인들이 필사적으로 열심히 살아가고 있었다.

어리석은 건 일부의 인간뿐, 대부분은 아무것도 몰랐다.

그런 그들을 지켜야만 했다.

그것이 인류 최후의 마술사인 내 책임이니까.

"지금은…… 내가 할 수 있는 일을 해야겠지. 그런 사악한 연구기관을 하나씩 꼼꼼하게 무너트리는 수밖에 없어."

나는 그렇게 말하고 무장을 준비했다.

강력한 방어가 인챈트된 후드 달린 망토, 주술각인을 새긴 나이프, 마술의 힘이 담긴 권총, 룬석, 각종 호부, 각종 마술 촉매.

이것들은 어떤 신성의 비의를 기록한 마도서에서 얻은 것이었다.

그리고 마지막으로 그것을 손에 들었다.

신살의 언월도를.

이 검은 칼날의 언월도는 무기인 동시에, 내 마술 지팡이이기도 했다.

'이 언월도의 진정한 힘을 내가 제대로 다룰 수 있었다면…….'

내 한계를 절감하고 이를 악문 순간.

"아, 아, 아아아아아아아아아아아아아악!"

갑자기 협력자가 공포에 질려 비명을 지르기 시작했다.

고개를 들자 주위의 「예각」에서 연기가 피어올랐고, 그것들이 허공에서 서서히 상을 맺으며 이형의 괴물로 변하고 있었다.

저것들의 정체는…….

"……사, 《사냥개》?! 도망쳐, 라반!"

"아아아아아아아아아아아아아아아아아아아아아아아아아아아아아아아아아악!"

협력자는 시간과 공간을 넘나들며 습격하는 괴물에게 단숨에 갈기갈기 찢겨 죽었다.

거기다 그 시신은 어째선지 단숨에 썩어서 무너져 내리기까지 했다.

"……제, 젠장! 동쪽에선 이미 《사냥개》를 소환해서 병기 실용화에 성공했다는 소문은 들었지만…… 하필이면 저딴 걸 달고 오다니! 제길! 제길! 제기라아아아알!"

친구의 너무나도 갑작스러운 죽음에, 사냥개들의 모독적인

모습에 정신력이 깎여 나가는 것을 느끼며, 마음이 무너질 것 같은 공포와 절망을 필사적으로 견디며.

나는 언월도를 뽑아 들고 주문을 영창하기 시작했다.

《사냥개》들이 그런 나를 향해 일제히 달려들었다…….

———.

현실의 시간으로 치면 한순간에 불과했다.

하지만 글렌 일행은 분명히 목격했다.

이곳과 다른 세계에서 한 청년의 공포와 절망으로 점철된 기억을.

"헉! 후우……후우……."

"바, 방금 그건?!"

"……읏!"

정신이 돌아온 글렌은 일행을 돌아보았다. 아무래도 그녀들도 자신과 같은 기억 속의 광경을 본 모양인지 얼굴이 새파랗게 질려 있었다. 정신이 심하게 마모되고 피폐해져 있었다.

그 리엘조차 크게 동요했는지 표정이 딱딱하게 굳어 있었다.

"뭐, 뭐였던 거야? 방금 그거……."

『말했잖아? 그가 겪은 공포의 형태라고.』

남루스가 왠지 아련한 눈으로 대답했다.

『꿈은 악몽을 내포하는 법. 그가 무의식적으로 심층의식에 봉인해 두었던 공포와 악몽의 형태가…… 이 멜갈리우스의 천공성에 섞여 있는 거야. 당신들이 그 악몽과 공포의 형태와 접촉하면 단단히 뚜껑을 덮어 두었던 그의 기억을 잠시 들여다볼 수 있게 되는 것 같네.』

"……뭐야 그게! 왜 이제 와서 하필!"

『무슨 일이 일어나도 이상하지 않을 거라고 했지? 이제 와서 푸념하고 있을 여유는 없어. 자, 다음 타자가 곧…….』

거기까지 말하고 주의를 재촉하려던 남루스가 갑자기 슬픈 눈을 했다.

『저건, 저 녀석은…….』

"으, 응? 갑자기 왜 그래? 남루스."

그 기묘한 반응에 글렌이 의아해한 순간.

주룩, 철퍽…….

공간이 뒤틀리고 눅눅해졌다.

마치 자궁처럼 생긴 허공의 문에서 이형이 나타난 것이다.

태어나선 안 될 존재가 탄생해 부글부글 부풀어 오른다.

마치 두 명의 인간을 녹여서 뒤섞은 듯한 역겹고 모독적이고 기이한 형태의 저것은—.

――――.

“으아아아아아아아아아아아아아아아아아아아아아아아아!”

이날, 도시 하나가 소멸했다.

모든 인간이 모조리 납작하게 썩은 시체가 되어 사망했다.

저 어리석은 《별의 지혜파》가 계획대로 《문의 신》을 불러냈기 때문이다.

그 의식의 산 제물이 된 이 도시의 인간들과 교단의 인간은 하나도 남김없이 죽어 버렸다.

나는, 결국 늦어 버렸다.

사투 끝에 교단의 교주를 베어 문의 신을 송환하는 데에는 성공했지만.

“아아아, 태어났어……. 태어나버렸다고!”

모든 것이 새카맣게 타오르는 지옥 같은 광경 속에서 나는 제단 위에 있는 그것을 바라보았다.

『…….』

『…….』

그것은 분명 두 개의 괴물인 동시에 하나의 괴물이었다.

물이 끓는 것처럼 계속 거품이 생기고 여러 가지 색으로 빛나는 젤 상태의 무수한 구체로 이루어진 두 여인이 서로 얽혀 있는 듯한 모습.

한쪽은 전부 타버린 재처럼 탁한 은색 머리카락, 다른 한쪽은 절대로 빛나지 않는 어두운 황금색 머리카락.

전신에 달린 어둡고 탁한 적산호색의 눈동자.

등에 자란 것은 뒤틀린 날개 같은 형태의 무언가. 눈알과 심해의 기괴한 생물들을 몇 개나 뒤섞은 것 같은 혼돈스러운 조형의 날개.

그리고 그런 그녀들의 뒤에서 흉부를 관통하듯 존재하는 것은 들쭉날쭉하게 뒤틀린 두 개의 거대한 열쇠였다. 여인의 머리카락처럼 한쪽은 황금색, 한쪽은 은색인.

아아, 보기만 해도 역겨운 저 기이한 모습. 그저 불길하고, 불쾌하고, 모독적인 저 존재의 정체는…….

"이게…… 이 녀석들이…… 《천공의 타움》?!"

『아, 오, 우…….』

『에에, 에에, 에에…….』

내가 탄식하자 《천공의 타움》이 공허한 목소리를 흘리기 시작했다.

최악의 사태가 벌어졌다. 지금 이 자리에 새로운 신이 현현해버린 것이다.

반인반신(데미갓)이라고는 해도, 그 《문의 신》의 권능을 일부 계승한 신이…….

그것이 이 세계에 어떤 재앙을 초래할지 난 상상조차 할 수 없었다.

"아니, 아직이야! 지금이라면……!"

나는 신살의 언월도를 빼들었다.

이 아이들의 본질인 본체는 외우주에 있다. 어느 공간과 시간 축에도 맞닿아 편재하고 있는 《문의 신》과 교배해서 아이를 낳는다는 건 그런 의미였고, 내 눈앞에 있는 이 아이들은 이 세계에 간섭하기 위한 단말에 불과했다.

이미 태어나 버린 이상 내가 지금 여기서 이 아이들을 처리한다 해도 본체에는 아무런 피해도 줄 수 없지만, 그래도 이 세계에서 추방할 수는 있다.

이 아이들의 권능이 다른 사악한 인간에게 악용되는 걸 방지할 수는 있으리라.

"이 아이들은 아직 유생체야! 지금이라면 죽일 수 있어! 소멸시킬 수 있다고! 내 불완전한 신살의 힘으로도……!"

시야에 들어오기만 해도 정신력이 마모되는 저 역겨운 사생아들과 대치한 난 주문을 외우며 언월도를 세워들었다.

『모습, 을, 주세요.』

『이름, 을, 주세요.』

하지만 그 순간, 마음속으로 직접 들려온 목소리에 손이 멈추고 말았다.

"……크?!"

그런 나에게 쌍둥이는 계속해서 말을 걸었다.

『우리, 는, 태어났어. 누군가, 에게, 내주기위해.』

『우리, 는, 태어났어, 누군가, 에게, 바치기위해.』

『그것이, 내가, 태어난이유.』

『내가, 존재하는의미.』

그렇다.

그녀들은 누군가에게 바쳐지기 위해 태어났다. 억지로 태어나고 말았다.

《문의 신》의 절대적인 권능을 인간이 일방적으로 대가 없이 이용할 수 있도록.

그 힘이 지나는 길, 인터페이스로서 창조되고, 역할이 정의되어 이 세상에 강제로 삶을 부여받은 것이다.

이 아이들에게 죄는 없었다.

이것은 그저 어리석은 인간의 오만함이 범한 죄의 형태.

인간의 죄가 낳은 형태인 것이다.

『그러니.』

『모습, 을, 주세요.』

『이름, 을, 주세요.』

『……누군가에게, 내주기위해.』

생각해 보면 사실 그녀들을 굳이 꼭 내 손으로 죽일 필요는 없었다.

그녀들의 존재는 지금도 서서히 붕괴되어 가고 있었으니까.

아마도 내가 도중에 끼어든 탓에 새로운 신성 《천공의 타움》의 존재를 정의하는 작업이 불완전했던 게 아닐까.

개념존재에게 그것은 인간으로 치면 치명상에 가까웠다.

즉, 그녀들은 내버려두면 알아서 소멸할 것이다. 외우주에 있는 본체와 함께.

『아파…… 아파요…… 존재하는 것만으로도, 아파…… 괴로워…….』

『이대로는, 누군가에게도, 아무것도, 바칠 수가 없어…….』

"……."

허락되지 않은 생명. 이 세계에 있어선 안 될 존재다.

타고난 존재의 규격과 규모가 다르다. 아무리 노력해도 인간과 양립될 수 없는 존재인 것이다.

그러나…….

『『누군가에게 바치기 위해…… 그러니…… 이름, 을, 주세요…….』』

마치 아이가 부모에 애원하는 듯한 목소리였다.

저 역겨운 모습과 반대로 그 몸에 달린 수많은 눈동자는 의외로 아기처럼 순진무구했다.

자신이 죽는 것보다도, 자신이 죽게 됨으로써 누군가에게 아무것도 바칠 수 없게 되는 것이 슬퍼서 견딜 수 없는 눈.

내가 구하려 하는 인간들보다도, 욕망으로 탁해진 눈보다도 훨씬 맑은 눈이었다.

"……."

평소의 나였다면 이 아이들을 가차 없이 소멸시켜 버렸으리라.

만에 하나 부활해 버릴 가능성을 끊기 위해 내버려두지 않고 확실히 내 손으로 처리했을 터.

하지만 이때의 난 지쳐 있었다.

오랜 세월에 걸친 외우주의 신들과의 싸움에, 인간들이 가진 악의와의 싸움에 한계까지 내몰려 있었다.

파트너를 잃고, 동료를 잃고, 연인을 잃고, 이해자를 잃고, 스승을 잃고, 고향을 잃고, 이제 아무것도 남지 않은 상태로 계속 싸워 왔지만, 찬사를 받기는커녕 각국의 기관은 오히려 날 인류의 적으로 치부했다. 마치 세상 그 자체에 거부당한 듯한 심정으로 싸워 왔다.

그들은 오히려 너 같은 건 필요 없다고, 네 노력과 희생에는 아무런 의미가 없다고 말하는 것만 같았다.

그래서 처음부터 존재하는 것조차 허락되지 않은 이 아이들에게 기묘한 공감대를 느낀 게 아닐까.

마가 꼈다. 혹은 동병상련일까.

그래서 난.

“그래. 아이는 부모에게 축복받으며 태어나야 하는 법이야. 그런데도 태어나자마자 세상에 부정당하는 건…… 너무 가혹하겠지.”

신살의 언월도를 거두었다.

“그럼 내가…… 너희들의 존재를 정의해 줄게. 우선…….”

주위를 둘러보니 제단 옆에 한 여성의 시신이 눈에 들어왔다.

비단결 같은 부드러운 금발에 천사처럼 가련하고 아름다운 여성이었다.

아무것도 몸에 걸치지 않은 나신이었지만, 어째선지 하반신만 깔끔하게 사라져 있었다. 뭔가에 잘린 듯한 깔끔한 절단면이었지만, 기이하게도 피나 내장이 흘러나올 낌새는 전혀 없었다.

하반신이 없다는 걸 제외하면 상처 하나 없는, 가만히 잠들어 있는 것 같은 시신이었다.

“이 사람이…… 이 아이들의 어머니인가.”

이 역겨운 쌍둥이를 낳을 때 대체 그녀에게 무슨 일이 일어났던 것일까.

이제 와선 상상할 수도 없고, 상상하고 싶지도 않았다.

비참한 죽음이기는 했지만, 외우주의 사신이나 사법에 관련되어 죽은 것치고는 아름다운 최후라고 볼 수 있었다.

나는 여성의 이마에 손가락을 대고 주문을 외웠다.

잔류기억투시(사이코메트리) 마술로 그녀의 정보를 읽어내기 위해서다.

"이 여성의 이름은 알테나 웨이틀리…… 아무래도 마술적으로 특수한 가계의 혈족이었던 모양이군. 던위치 사건의 그 저주받은 가문의 계보…… 즉, 원래부터 신을 낳기에 최적인 이능력자였어. ……골치 아픈 피야. 가엽게도."

잠시 그녀의 명복을 빌어주었다.

"……하다못해 이 사람의 유전 정보를 써 줘야겠군."

나는 여성의 팔에서 채취한 피를 시험관에 넣고 주문을 영창해 결정화시켰다.

거기서 그녀의 육체를 구성하는 유전자 정보를 읽어내서 자멸하고 있는 쌍둥이들의 부족한 존재 정보를 보충해 주었다.

그리고 쌍둥이의 몸에 손을 대서 그녀들의 영역(靈域)(세피라)에 진입해 재빨리 심령수술을 개시, 육체를 재구성했다.

이윽고 술식이 성공하자 그 보기만 해도 역겨운 모습이 서서히 바뀌기 시작했다.

부정형이었던 살의 질감과 형태가 바뀌며 서서히 모친과

흡사한 외견으로.

그 과정을 지켜보고 있는 나는 어쩌면 돌이킬 수 없는 잘못을 저지른 게 아닐까 두려워하면서도, 애써 마음을 비우고 지금 필요한 생각만 하기로 했다.

더는 쓸데없는 생각을 하고 싶지 않았다.

"너희들의 존재명은…… 흐음. 실체를 갖지 못한 정신생명체, 시간과 공간의 비밀을 파헤친 《위대한 종족(이스)》의 언어를 빌려서 정의하도록 할까."

—「시간의 천사(라 틸리카)」.

—「공간의 천사(레 파리아)」.

————.

"리엘, 지금이야!"

"이이이이이이야아아아아아아아아아아아아아아아아아아아아아아아아아아압!"

시간과 공간이 깎여 나가는 듯한 쌍둥이 이형과의 사투 끝에 글렌과 시스티나와 루미아가 활로를 열자, 아득히 위에서 떨어져 내린 리엘이 은색의 검광【유대의 여명(데이브레이크 링크)】을 전력을 다해 휘둘렀다.

서걱!

리엘이 펼친 눈부신 은색 검광에 좌우로 갈라진 쌍둥이는 그대로 다양한 색으로 빛나는 거품 같은 구체로 분해되어 사라졌다.

"간신히, 이기긴 했는데……."

"저, 저기요. 선생님. 방금 그건……."

시스티나의 의문에 글렌은 입을 다물 수밖에 없었다.

이 자리에 있는 전원이 싸우는 도중 보고 말았기 때문이다.

방금 그들이 해치운 이형에 얽힌 기억을.

""""……."""""

여전히 계속해서 천공성을 향해 낙하하고 있는 일행 사이에 기묘한 침묵이 감돌았다.

『흥. 그나마 다행이네. 상대가 아직 불완전한 유생체 단말이라서. 외우주에 존재하는 「본체」가 등장했으면 당신들은 전부 그대로 게임오버였을걸?』

그러자 남루스는 어째선지 허세를 부리기 시작했다.

『맞아. 다들 눈치챘겠지만…… 저게 내 정체야. 환멸했지? 이렇게 인간의 가죽을 뒤집어쓰고 있지만, 결국 난 괴물이거든.』

"……."

『그래서…… 루미아. 당신이 부러웠어. 우여곡절이 있긴 했어도, 진짜 인간의 육체를 얻은 당신이. 처음 만났을 때 내가 당신한테 공격적으로 군 건…… 그런 이유 때문이었을지도 몰라.』

"……나, 남루스 씨……."

『뭐, 당장은 나랑 같이 있는 게 혐오스럽겠지만, 이 싸움이 끝날 때까지만 참아. 전부 끝나면 난 그대로 사라질…….』

"바보야, 사람 잘못 봤어."

하지만 글렌은 자신의 어깨 위에서 왠지 쓸쓸한 표정으로 큰소리치는 남루스의 머리 위에 살며시 손을 올렸다.

"갑작스러워서 조금 놀란 것뿐이야. 그것뿐이라고."

『그, 글렌……?』

"나만 그런 게 아니라 하얀 고양이도, 루미아도, 리엘도 마찬가지야. 네 정체나 진짜 모습이 어떻든 상관없어. 우린 동료야. 그것만은 신에게 맹세코 틀림없어. 이제 알았으면 너 혼자 부정적인 생각에 빠지는 건 그만둬."

글렌의 말이 끝나자 시스티나와 루미아와 리엘도 고개를 연신 끄덕였다.

그런 그들의 눈에는 공포와 혐오감을 조금도 찾아볼 수 없었다.

『다, 당신들…….』

남루스는 잠시 눈을 깜빡이며 멍하니 있었지만, 곧 뺨을 붉히며 토라진 듯 고개를 홱 돌렸다.

『흥…… 건방지긴. 고작 유생체 단말을 본 것 정도로 까불고 있어. 외우주에 있는 내 「본체」를 보고도 똑같은 말이 나올 것 같아?』

"아, 아니…… 난 그래도……."

『뭐, 됐어. 일단 당신들이 저걸 보고도 날 아직 동료로 여긴다는 건 믿어 줄게. 감사히 여기도록 해.』

"……넌 진짜 처음 만났을 때부터 위에서 내려다보는 듯한 그 건방진 태도는 변함이 없네."

『시끄러워! 닥쳐! 그보다 또 오고 있거든?!』

얼굴이 새빨개진 남루스가 그 작달막한 손으로 글렌의 뺨을 찰싹찰싹 때리는 시늉을 한 순간.

챙그랑!

이번에는 공간에 균열이 생겼다.

그리고 그 안쪽에서 뭔가가 이쪽으로 밀려들어 왔다.

기괴한 비명 같은 소리와 함께 공간을 열고 나타난 그것의 정체는 얼굴이 없는 거한이었다.

하얗게 끓어오르며 팽창하는 산 같이 거대한 육체, 팔 끝에는 날카로운 이가 달린 입, 그 안에서 튀어나온 번들거리는 혀가 사냥감을 찾는 것처럼 꿈틀거리고 있었다.

"우웩, 징그러! 진짜 엄청나게 징그럽거든?! 저건 또 뭐야!"

『저건…… 《배덕과 악행의 주인》! 조심해, 글렌! 저것도 틀림없는 외우주의 사신 중 하나야!』

"또 신?! 에잇, 젠장! 어디 한번 해 보자고! 시스티나, 루미아, 리엘!"

"예!"

"응!"

권총을 빼든 글렌이 앞장서고 그 뒤를 따르는 시스티나와 리엘, 그리고 가장 뒤에 있던 루미아가 황금 열쇠를 세워 들었다.

그렇게 글렌 일행은 끝이 없는 것 같은 추락 속에서 계속해서 몰려드는 끔찍한 적을 상대로 싸움을 계속했다.

————.

"어떻게 해야 이 세계를 구할 수 있지? 여긴 이토록 평화로운데도…… 세계는 여전히 멸망을 향해 나아가고 있어."

현재 거점으로 삼은 사무소에서 난 의자에 기대앉은 채로 천장을 올려다보고 탄식했다.

"《무구한 어둠》…… 2020년대부터 시작된 인류의 방황 이면에서 그 사악한 신성이 암약했다는 것까진 알아냈어. 그 신성은 이 세계에 필요 없는 외우주의 신들과 마술에 관한 지식을 뿌려 대서 우리 인류가 자멸해 가는 모습을 지켜보며

비웃고 있는 거겠지. 거기까진 겨우 알아냈지만…… 아무리 노력해도 그 사신을, 파멸로 나아가는 인류의 행보를 막을 수가 없다고."

"……너무 부담 갖지 마, 쿠로."

"맞아요. 우린 한 걸음씩 나아갈 수밖에 없는걸요."

그러자 두 소녀가 말을 걸어왔다.

왠지 모를 날카로운 분위기의 은발 소녀는 라 틸리카.

왠지 모를 붙임성 있는 인상의 금발 소녀는 레 파리아.

그녀들은 내가 과거의 사건에서 보호한 그 《천공의 타움》들이었다.

어느새 그녀들은 나에게 있어 둘도 없는 전우이자, 소중한 가족이 되어 있었다.

"커피 끓여 왔어. 좀 쉬어."

"어깨라도 주물러드릴까요? 마스터."

"아하하, 고마워."

어쩌다 보니 마가 껴서 우연히 《천공의 타움》의 힘을 손에 넣었지만.

당시에는 비합리적인 충동으로 인해 저지른 일이었지만.

사실 결과만 놓고 보면 그건 굉장히 합리적인 판단이었다.

까놓고 말해, 《천공의 타움》의 힘은 그야말로 굉장했다.

그녀들과 계약한 나는 그녀들의 권능을 빌릴 수 있게 되었고, 그녀들이 아는 외우주의 지식을 얻게 되었다.

덕분에 마술사로서의 위계도 껑충 뛰어올랐다.

그녀들과 만나기 전까지만 해도 이미 마술사로선 한계에 도달해 있었을 텐데, 지금은 당시의 수준을 아득히 뛰어넘고 있었다.

지금의 난 이 세계의 역사상 최강의 마술사라 해도 과언이 아닐 터.

하지만.

그럼에도.

"……분해."

나는 레 파리아의 배려를 받고, 라 틸리카가 끓여준 커피를 마시며 그렇게 중얼거릴 수밖에 없었다.

"너희들의 힘을 빌려도…… 부족해. 이 멸망으로 나아가는 세계를 구하기에는…… 너무나도 부족해."

현재 세계 각국에서는 《신앙병기》가 한창 실용화되고 있었다.

그리고 국제 여론도 자국의 이익을 최우선하는 전쟁에 관한 이야기뿐.

우리 인류가 누군가의 손바닥 위에서 놀아나고 있는 것도 모르는 채로.

"제길…… 내가 진정한 의미에서 그 신의 힘을 빌릴 수만 있었다면……!"

나는 옆에 둔 언월도를 들어 그 검은 도신을 내려다보았다.

"없는 걸 바라봤자 어쩌겠어."

"맞아요."

그러자 라 틸리카와 레 파리아의 얼굴이 도신을 가리며 내 눈앞에 나타났다.

"애초에 대답도 해주지 않는 신을 너무 의지하지 말라구. ……당신에겐 우리가 있잖아?"

"그래요. 당신이 원하는 거라면 저희가 뭐든지 다 해드릴게요!"

라 틸리카는 왠지 삐친 듯한 얼굴이었고.

레 파리아는 왠지 응석 부리는 듯한 얼굴.

쌍둥이 자매인데도, 본질은 완전히 똑같은 존재인데도, 그녀들의 성격은 완전히 달랐다.

도저히 외우주의 사신이라는 생각이 들지 않았다. 정말로 인간 같았다.

욕망에 물든 채 힘에 휘둘리는 추악한 인간들보다도 훨씬 더.

그게 왠지 웃겨서.

"……풋!"

나는 그만 웃음을 터트리고 말았다.

"뭐야. 뭐가 그렇게 웃겨?"

"아니, 그냥…… 왠지 구원받은 듯한 기분이 들어서."

"……?"

"너희가 있어 줘서…… 정말 다행이야."

이때 난 결심했다.

이 세계를 지키겠다고. 그녀들을 위해서라도.

"그래…… 난 《무구한 어둠》을 쓰러뜨리겠어. 내 모든 걸 걸고서라도."

마음속으로 굳게 다짐했다. 그리고…….

————.

『하하하하하하하하하하하하하하하하! 하하하하하하하하핫! 아하하하하하하하하하하하하하! 하하하하하하하하하하하하…….』

거대한 폭풍과 해일이 소용돌이치는 파멸적인 광경의 바다 위에 누군가의 조소가 울려 퍼지고 있었다.

마치 세상의 온갖 더러운 소리와 불쾌한 소리를 응축시킨 듯한 역겨운 소리면서도, 지고의 악기와 연주가들이 모여 신의 영역에 닿은 악곡을 합주한 듯한 아름다운 소리.

상반되는 개념이 모순 없이 섞여서 조화를 이룬 그 목소리는, 듣고 있기만 해도 이성이 마모되고 영혼이 붕괴되는 듯한 소리의 형태를 한 맹독이었다.

그것이 대기를 통해 전파되어 이 세상의 모든 것을 침식하고 부식시켰다.

그렇게 소리로 된 저주를 흩뿌리는 존재는…… 확실히 그 목소리에 어울리는 끔찍한 존재였다.

분명 인간의 모습을 하고 있기는 했다.

하지만 이형의 촉수, 이형의 갈고리발톱으로 이루어진 그것들은 부정형의 검은 살덩어리라고밖에 표현할 길이 없었다. 얼굴이 없는 머리 부분은 항상 혼돈스럽게 변화하고 있어서 대치한 이에게 결코 진정한 모습을 드러내지 않았다.

그야말로 인간의 모습을 한 심연의 밑바닥.

만천의 색채와 혼돈이 자아내는 순수하면서도 「무구한 어둠」이었다.

『어때? 알았나? 이해했나? 납득했나? 체념하고 받아들였나? 밀랍으로 만든 날개로 하늘에 도전한 왜소하고 사랑스러운 인간아! 인간에겐 결코 넘을 수 없는 「벽」이 존재한다는 것을! 네 「정의」는— 겨우 그 정도였다는 것을! 하하하하하하하하하하하하하하! 아하하하하하하하하하하하하하하하!』

인간의 형태를 한 혼돈은 비웃었다.

그저 하염없이 계속.

그 조롱은 전부 바다 위에 대자로 널브러진 한 인간을 향하고 있었다.

그래, 나다.

수많은 해마의 시체가 유빙처럼 떠 있는 바다 한복판.

왼팔이 뜯기고, 오른 다리가 잘리고, 내장이 드러나서 언제 죽어도 이상하지 않을 파리 목숨인 나를.

가엽고, 비참하고, 꼴사나운 패배자인 나를.

그 인간의 형태를 한 혼돈은 하염없이 비웃고 있었다.

──────.

"흑마 개량형 【익스팅션 미티어레이】!"

글렌이 위를 향해 날린 굵은 광파는 다음 순간, 곧 주위의 공간으로 확산되며 빗발처럼 쏟아지기 시작했다.

이형의 촉수, 이형의 갈고리발톱이 달린, **인간의 모습을 한 혼돈**이.

일행의 사방을 포위한 수많은 해마들이.

전 방위에서 쏟아지는 압도적인 빛에 휩쓸려 분해되고, 재로 돌아가고 있었다.

"……방금 그건 뭐야?"

그런 지옥 같은 광경 속에서 글렌은 방금 목격한 누군가의 기억에 관해 물었다.

그러자 남루스가 한숨을 내쉬며 대답했다.

『타카스 쿠로와 그의 세계에서 암약하던 《무구한 어둠》의 싸움이야. ……방금 당신이 채치운 녀석은 속이 텅빈 껍질 같은 거였지만.』

"아……."

『뭐, 사실상 저번 세계의 타카스 쿠로의 최종결전이자…… 《무구한 어둠》을 타도하고 진정한 의미에서 그의 세계를 구원할 유일한 기회였어.』

그러다 힘없이 고개를 저었다.

『그가 생각할 수 있는 모든 수단과 방법을 준비한 후, 모든 것을 걸고 싸웠지만…… 결과는 참패. 그 전투의 여파로 그의 고향이었던 「일본」이라는 나라가 바다 밑으로 완전히 침몰했어. 딱 알자노 제국 정도 규모의 섬나라였는데 말이야.』

"……진짜……?"

『당시의 타카스 쿠로는 어지간한 옛 지배자나 외우주의 사신 정도라면 단독으로 격파할 수 있는 위계였지만…… 그런데도 《무구한 어둠》에게는 전혀 상대도 되지 않았어. 마치 어른과 갓난아이의 싸움을 보는 것 같았지. 오히려 함정에 빠졌던 건 타카스 쿠로였고, 결국 그는 《무구한 어둠》의 손바닥 위에서 놀아난 것뿐이었어. 지금 돌이켜 보면…… 그의 마음은 그때 이미 꺾여 버렸던 걸 거야.』

"……."

글렌은 침묵할 수밖에 없었다.

『다음, 온다.』

쉴 새도 없이 일행의 위쪽에서 폭발적인 존재감과 새카만 신기가 팽창했다.

허공 너머에서 새로운 위협이 모습을 드러낸 것이다.

————.

……난 싸웠다. 계속해서 싸웠다.

모든 것을 걸고 도전한 《무구한 어둠》과의 결전에서 패배한 결과 오히려 인류의 적이라는 오해를 받게 된 나는 전 세계를 상대로 쫓기는 도망자가 되고 말았다.

그럼에도 난 이 세계를, 인류를 구하기 위한 싸움을 멈추지 않았다.

어리석게도《무구한 어둠》의 손바닥 위에서 멸망을 향해 나아가는 인류를 어떻게든 구제하기 위해 마술사로서의 모든 것을 걸고 싸웠다. 싸우고 또 싸웠다.

하지만 그렇게 노력한 보람도 없이.

종말은 어느날 찾아왔다.

서력 20xx년. 인류 종말 전쟁, 발발.

계기는 정말 사소한 일이었다.

인류가 아주 조금만 더 타인에게 친절했다면 막을 수 있는 전쟁이었다.

각국은 마치 이 순간만을 기다렸다는 듯 그때까지 비축한 외우주의 사신— 《신앙병기》를 모조리 투입했다.

그 결과로 전 세계의 하늘에서 수억 도의 불꽃이 비처럼 쏟아지고.

절대영도의 한파가 휘몰아치고.

대기가 초전압 플라스마로 가득 채워지고.

독물로 이루어진 바다가 끓어오르고.

부패의 독기가 만연하고.

모든 생물이 썩어문드러지고, 모든 대지가 사막이 되는 등.

그런 무시무시한 신위와 폭력을 전 세계에 가감 없이 퍼부었다.

그렇지 않아도 이 시점에서 이미 이 행성은 인간이 생존할 수 있는 환경이 아니었고, 이미 인류의 멸망이 확정된 상태였는데도.

설상가상으로 인류의 제어를 마치 당연한 것처럼 벗어버린 사신들은 이 둥글고 비좁은 땅 위에서 자신들의 패권을 겨루는 신화대전까지 시작했다.

그리고 결정타는.

그제야 겨우 자신들이 절대로 손대선 안 되는 금기에 손을 댔다는 것을 깨달은 인류는 사신들을 멈추기 위해 반쯤 이성을 잃은 상태로 핵무기 스위치를 연타해 버렸고— 결과적으로 전 세계에 도합 13,020발의 버섯구름이 피어올랐다.

그러나 원래 우주에서 패권을 다투던 외우주의 사신들에게 기껏 해봤자 태양이 1초 동안 방출하는 에너지의 0.00000001 퍼센트도 되지 않는 핵무기가 통할 리 있겠는가? 인간으로 치면 성냥불에 살짝 데인 정도? 그들을 물리적으로 소멸시키려면 무한열량의 화력이 필요했으리라.

"이, 이딴 결말을 위해…… 내가…… 우리가 싸워 왔던 거야?"

남은 건 아무것도 없었다.

고작 그 한 마디로 모든 걸 설명할 수 있는, 진정한 의미에서 「끝나 버린 세계」.

그 광경 앞에서 나는 울며 무너져 내릴 수밖에 없었다.

주위에는 아무것도 찾을 수 없는 평평한 세계.

산도, 바다도, 물 한 방울조차.

정말 아무것도 남지 않은 것이다.

아니, 굳이 예를 들자면 새빨갛게 타오르는 하늘과 무한히 펼쳐진 사막만이 남았다.

"흥. 인간은…… 정말 바보 같은 생물이네. 보통 이 정도까지 해? 이젠 너무 한심해서 소름이 끼칠 정도야."

냉담한 성격의 라 틸리카는 그런 꼬락서니를 보고 코웃음을 쳤다.

"흑, 히끅…… 쿠로 님…… 미안, 미안해요. 제 힘이 부족해서…… 제가 당신에게 충분한 힘을 드리지 못해서……!"

하지만 마음씨 고운 레 파리아는 비탄에 잠겨 흐느꼈다.

"레 파리아! 적당히 좀 해! 이건 우리 탓이 아니야! 방법이 없었어! 이런 걸…… 우리 힘으로 대체 어떻게 막으라는 거냐구!"

"어, 언니! 왜 그런 말을 하는 건데!"

"아, 아아아, 아아아아아아악!"

두 사람이 말다툼을 벌이는 한편, 나는 귀를 틀어막고 그 자리에서 몸을 웅크렸다.

"왜, 왜 그래! 쿠로!"

"괘, 괜찮으세요? 무슨 일이에요!"

"들려…… 들리고 있어……! 그 녀석의…… 《무구한 어둠》이 비웃는 소리가!"

그게 환청이라는 건 나도 알고 있었다.

하지만 이때의 나에겐 무엇보다도 선명히 들리고 있었다.

—하하하하하하하하하하하하하하하하하하하하하하하하하하하하하하하하하하하하! 아하하하하하하하하하하하하하하! 꺄하하하하하하하하하하하하하하! 이햐하하하! 으하하하하하하하하하하하하하하하하하하하하하하하하하하하하……

이 멸망이라는 말조차 부족할 정도로 「끝나 버린」 세계를 보고.

다른 그 누구도 아닌 인류가 스스로 선택한 결과를 보고.

그 녀석은 분명 웃고 있으리라.

이 세계의 이면에서 이 가엽고도 우스꽝스러운 비극 같은 희극을, 박수갈채를 보내며, 배를 잡고 비웃고 있으리라.

"난 아무것도…… 아무것도 하지 못했어. 그토록, 그토록 애써왔는데…… 아아아아아아아아아아아아아아아악!"

"……타카스 쿠로! 이미 끝났어. 다 끝난 일이야! 마음에 담아둬 봤자 소용없으니 정신 똑바로 차려!"

그런 나를 라 틸리카가 질타했다.

"아무튼…… 이렇게 된 이상, 받아들여 줄 거지? 내 제안."

"……."

제안.

그것은 라 틸리카가 예전부터 자주 꺼낸 말이었다.

내용은 「이 세계를 버리고 다른 세계로 이주하는 것」.

이미 오래 전부터 이 세계와 인간에 실망해 버린 그녀는 이 세계를 버리는 선택을 고려하고 있었던 것이다.

"이렇게 된 이상 이 세계에 있을 의미도 없잖아? 그야 이제 이 세계에 살아 있는 인간……이라기보다 살아 있는 유기생명체는 당신밖에 없을 테니까."

"……."

"전이할 곳은 이미 찾아 뒀어. 나랑 레 파리아가. 우리의 권능이 있으면 차원수를 넘어 다른 세계로 전이하는 것도 가능해."

"……."

"……뭔가를 지키고 싶은 거라면…… 다음 세계에서 노력해 보면 되잖아. 뭐, 선택은 당신에게 맡길게. 어차피 난 동생과 당신이랑 셋이서 함께 있을 수 있다면 어디든 상관없으니까."

나는 입을 열 수가 없었다.

"저기, 쿠로 님. 다음 세계에서 힘내 봐요. 이번에야말로, 저희 셋이서 함께요."

하지만 레 파리아가 그렇게 내 뺨을 다정하게 쓰다듬어 준 순간, 겨우 모든 미련을 떨쳐 낼 수 있었다.

"그래, 가자. 셋이서 있을 수 있다면…… 이젠 아무것도……."

————.

"선생님?! 위험해요!"

"……큭!"

시스티나의 경고에 정신을 차린 글렌은 그 공역을 벗어났다.

그러자 조금 전까지 그가 있던 공간에 초거대 촉수가 날아들었다.

압도적인 질량이 그 자리의 공기를 가차 없이 때리자, 마치 폭탄이 터진 것처럼 어마어마한 충격파가 퍼져나갔다.

"……크윽?!"

시선을 들자 그곳에는 눈부실 정도의 폭력과 모독, 악몽 그 자체인 모습이 있었다.

일정한 형태가 없는 원형질 덩어리. 촉수가 달린 두족류 같은 머리와 네 개의 안구와 박쥐 같은 날개로 이루어진 드래곤 같은 모습의 절망적인 괴이였다.

거대하다.

보면 볼수록 마치 하늘에 닿을 것처럼 압도적으로 거대했다.

그리고 퍼덕이는 것만으로도 모든 생물을 압사시킬 듯한 공기압을 발생시키는 날개로 대기를 휘저었다.

시스티나의 빛나는 바람의 수호가 없었다면 그들도 쥐포가 되고 말았으리라.

『……《위대한 구두룡》! 내가 전에 있었던 세계를 철저하게 파괴한 《신앙병기》 중 하나야! 당시의 세계 최강 군사 대국의 최종병기였어!』

"……뭐 그딴 걸 불러내는 거냐고! 젠장!"

『그보다…… 글렌, 당신. 정신 똑바로 차리지 못해?』

글렌이 고속으로 공역을 이탈하는 도중 남루스가 귓가에 대고 소리쳤다.

『아직 여유가 있나 봐? 외우주에 존재하는 본체에서 갈라진 분체라곤 해도 외우주의 사신과 싸우는 도중에 딴 생각이라니!』

“그, 그건…….”

그 질책에 글렌은 벌레를 씹은 듯한 표정을 지을 수밖에 없었다.

‘난…… 지금 동정했던 건가? 하필이면 그 최저 최악의 망할 자식인 마왕을…… 아무리 노력해도 결국 보답받지 못한 그 애처로운 모습을 보고……!’

글렌은 뿌득 이를 악물었다.

『글렌, 쫓아와!』

그 말대로 《위대한 구두룡》이 촉수를 이쪽을 향해 뻗고 있었다.

정말 어이가 없을 정도로 거대하면서도 그 움직임은 마치 채찍처럼 날카롭고 화살처럼 재빨랐다.

“우오오오오오오오오오오!”

글렌은 선회와 급상승과 반전을 반복하며 촉수의 공격을 간신히 피해냈다.

“선생님?!”

그런 글렌을 지원하기 위해 루미아가 공간에 열쇠를 꽂고 돌리자, 《위대한 구두룡》 주위에 흐르는 시간이 극단적으로 느려지는 동시에 일행 주위에 흐르는 시간이 가속되기 시작했다.

“이이이이이이야아아아아아아아아아아아아아아아아압!”

어긋나버린 시간의 흐름 속에서 루미아의 열쇠를 중심으

로 세계가 뒤틀리며 회전했고, 허공을 빛의 속도로 날아간 리엘이 날린 은색의 검광이 글렌을 추격하는 촉수를 모조리 잘라 버렸다.

"선생님, 지금이에요!"

"그래! 【페네트……."

시스티나의 빛나는 바람 위에 탄 글렌은 애총을 손에 쥔 채 《위대한 구두룡》의 머리를 향해 돌진했다.

"……레이터】어어어어어어어어어어어어어!"

그리고 《위대한 구두룡》의 머리에 총구가 닿은 순간, 가차 없이 방아쇠를 당겼다.

————.

모든 것이 끝난 후.

우리는 어떤 세계에 도착했다.

문명 수준이 낮은 매우 원시적인 세계였지만, 인간의 손이 닿지 않은 자연이 풍부한 아름다운 세계였다.

다만, 인간이 안심하고 살기에는 불편하고 약간 가혹한 세계이기도 했다.

그 세계의 이름을 이번에는 난 《이스》의 언어를 빌려 이렇게 지었다.

—「희망의 신천지(르바포스)」라고.

그리고 우리는 이 세계의 원주민인 인간들에게 일부러 수준을 낮춘 원시적인 마술을 전해 주면서 조금씩 문화와 문명을 이끌어 나가기 시작했다.

가끔 곤란한 문제를 마술로 해결해 줄 때마다 누군가가 내게 감사하고 기뻐했다.

마술을 인류의 광기와 외우주의 사신들과의 전투에서만 써 왔던 내 인생에서 이보다 보람찬 일이 또 있었을까?

아무튼 시작은 작은 마을이었지만, 곧 마을이 발전해 도시가 되었고, 도시가 발전해 몇 개의 나라가 되었다.

그리고 어느새 나는 그 나라들의 종주국을 다스리는 왕으로서 정점에 군림하고 있었다.

왕으로서 이 세계가 길을 잃지 않도록, 예전 세계 같은 우행을 범하지 않도록 인도하고 지켜보았다.

백 년, 2백 년…….

그렇게 평화로운 시간이 흘러갔다.

그렇게 세계는 발전했고, 인간은 어느새 훗날 초마법문명이라 불리게 되는 이상적인 낙원을 구축했다.

마술의 은혜로 병마와 기아에 죽는 사람도 없고, 전쟁 때문에 슬퍼하는 사람도 없이 누구나 행복하게 웃을 수 있는 세계. 과거에 내가 꿈꿔 왔던 세계가 만들어졌다.

"쿠로 니…… 아, 으음…… 티투스 님! 차를 끓여 왔어요! 저랑 언니가 케이크도 만들어 봤구요!"

"아무래도 상관없지만, 시간이 꽤 지났는데도 익숙해지지가 않네. 그 이름."

"아하하, 그러네. 그래도 어쩔 수 없어. ……「로마에 가면 로마법을 따르라」 고 하잖아?"

"……당신 고향의 속담이었던가?"

"응, 맞아."

나는 그 새로운 세계에서 라 틸리카, 레 파리아와 함께 지냈다.

느긋하고 평화롭게…… 살았다.

"후훗, 언니. 티투스 님. 전 행복해요. 이렇게 다 같이 살 수 있어서…… 행복해요."

"……그래, 나도."

"흥. ……뭐, 나쁘진 않네."

"우리만이 아니라 이 세계에 있는 사람들이 언제나 행복하게 웃고 있고…… 우리에게 감사하는 건…… 왠지 좋네요. 영원히 이런 나날이 계속됐으면 좋겠어요!"

그래. 난…… 행복했다.

너무나도 따스하고 행복했다.

예전 세계의 지옥 같은 나날이 마치 거짓말이었던 것처럼 행복에 잠겨 있었다.

……지나칠 정도로.

"……그래서? 바보 동생. 너 요즘 티투스랑 진전은 좀 있었니?"

"뭐?! 아, 그건, 어, 어어어, 언니! 갑자기 무슨 소릴……."

"후우…… 그 벽창호는 우릴 자기 동생이나 딸로만 보고 있으니 후딱 자빠트려서 기정사실을 만드는 편이 빠를걸(저번 세계에서 읽은 책에도 그렇게 적혀 있었고)?"

"어, 언니이이이이이이이이잇?!"

그렇다.

행복해서.

너무나도 행복해서. 내겐 이 세계가 마치 빛처럼 눈부셔서.

분명, 그래서였으리라.

내 안에 존재하는 어둠과 그림자도 빛의 양면처럼 짙게 남고 말았다.

그래, 난 이 행복을 잃는 것을 극단적으로 두려워하고 있었다.

놈이 이 세계를 발견할 리 없다. 그건 천문학적인 확률이다.

그렇게 아무리 자신을 타일러도 그 공포심을 도저히 떨쳐 낼 수가 없었다.

지금 누리는 행복에 비하면 한 웅큼도 되지 않는 공포.

그러나.

계속 마음속에 담아 두기엔 무시할 수 없는 거대한 어둠이었다.

차라리 잊어 버렸으면 얼마나 좋았을까.

외우주의 사신들 따위, 세계의 진실 따위 전부 깔끔하게 잊어 버렸으면 말이다.

하지만…….

"저기, 티투스 님. 혹시 무슨 일 있으세요?"

"……요즘 티투스 님이 절 보시는 눈이 가끔 무서운데요……."

"……제가 혹시 뭔가 잘못한 게 있나요?"

……이러니 잊을 수 있을 리가 없지.

천 년, 2천 년…….

세월이 흐르면서 조금씩 숙성되며 자라난 마음속의 어둠은 최강의 맹독이 되어 내 마음을 갉아먹고 있었다.

그렇게 계속 마음속 한켠에 불안감을 품고 지내던 어느 날.

나는 참지 못하고 점을 치고 말았다.

점성술로 아득히 멀고 먼 미래를.

절대로 봐선 안 될 심연을 스스로 들여다보고 만 것이다.

그리고 그게 정확히 언제인지는 알 수 없지만, 운명의 별이 《무구한 어둠》이 이 세계를 방문할 일말의 가능성을 암시한 순간.

내 안에서 무언가가 망가졌다.

————.

"설마…… 당신이 먼저 절 찾을 줄은 몰랐군요. 타카스 쿠로. 아니, 티투스 쿠뤄였던가요? 이 세계에서는."

나는 왕도 멜갈리우스에 있는 성에서 인자한 초로의 남성과 대면하고 있었다.

정확히는 초로의 남성이라는 껍데기를 뒤집어쓴 무언가였지만 말이다.

"……파웰 신부."

"허허, 주관적인 시간으로는 수천 년 만인가요? 제가 음지에서 주관했던 《별의 지혜파》 교단을 당신이 무너트린 지…… 하하하, 그립군요."

"……."

"그건 그렇고 인상이 꽤 변하셨습니다? 이만한 영화를 누리는 세계의 왕위에 올랐는데도 눈은 마치 나락에 잠겨 있는 듯한…… 거 참, 마음고생이 심하셨나 보군요."

"……."

"아무튼 옛 원수였던 저를 이쪽 세계에 굳이 소환하다니…… 대체 무엇을 바라시는 거지요? 티투스 님?"

"……솔직하게 말할게. 손을 잡자. 파웰 신부."

내 제안에 제아무리 파웰이라도 약간 놀란 듯한 반응을 보였다.

"오오, 오오, 이거 참. 실로 기이한 말씀을 하시는군요. ……잊으신 겁니까? 제 정체는……."

"알고 있어. 넌 내 원수…… 무구한 어둠의 권속. 심연의 어둠이 가진 만천의 얼굴 중 하나. 아니, 조금 다르려나? 너 또한 《무구한 어둠》이기도 하니까."

"……호오, 거기까지 알고 계시면서 왜?"

"너에 대한 건 사실 예전 세계 때부터 알고 있었어. 넌 《무구한 어둠》에서 갈라져 나온 존재이면서도 그 본질인 《무구한 어둠》과 연을 끊으려는 존재…… 이분자이자 반역자지. 내 말이 틀려?"

"……."

"지금의 네가 되고 나서 긴 세월을 보내는 동안 자아가 확립된 넌 《무구한 어둠》의 지배와 간섭에서 벗어나길 바라고 있어. 그렇다면…… 너와 손을 잡을 이유는 충분해."

"……흠. 그렇군요. 저는 저. 제 의사와 자유는 전부 저 자신만의 것. 저는 제가 얻은 것과 의식이 저이긴 하나 제가 아닌 「나」에게 빼앗기는 걸 견딜 수 없습니다. 애당초 제가 아닌 「나」의 도를 넘어선 도착적인 향락에도 그다지 관심이 없고요. 그러니 좋아할 수가 없는 겁니다. 내 심연에 숨어 있는 나의 본체…… 나의 본질을 말입니다."

"……."

"흐음, 확실히 저희는 동지가 될 수 있을 것 같군요. 그래서? 대체 무슨 일을 꾸미고 계신 겁니까?

"그건……."

나는 내가 세운 계획을 밝혔다.

최근 백 년 동안 세운 계획이었다.

《무구한 어둠》의 손에서 진정한 의미로 이 세계를 지킬 방법.

영원히 《무구한 어둠》의 간섭을 막을 방법.

그 내용은…….

"……옳거니. 이 세계를 차원수에서 떼어 내서 환몽계로 격리하겠다는 겁니까. 성공한다면 확실히 《무구한 어둠》도 손을 댈 수 없겠지요."

"맞아. 사실…… 나한테 《무구한 어둠》을 소멸시킬 수 있는 힘이 있다면 그걸로 좋았겠지만……."

그렇게 말한 난 언월도를 검집에서 뽑아 도신에 새겨진 기묘한 문자를 바라보았다.

"흠…… 그것 고대 신(엘더 갓) 《신을 참획한 자》가 사용했다고 일컬어지는 신살 무기로군요."

이 세계에는 무색의 폭력인 외우주의 신들이 다수 존재했지만, 한편으로는 인간의 편을 드는 선한 신도 존재했다.

그중 하나가 바로 엘더 갓 《신을 참획한 자》였다.

《무구한 어둠》의 적대자인 《전천사》가 충성을 맹세하고 섬기는 주신이다.

"그자는 우리들 중에서도 정체를 알 수 없는 수수께끼의 신성. 일설에 의하면 엘더 갓이라는 건 유일무이한 고유 존재를 가리키는 것이 아니라 그 언월도의 주인이 된 자가 대대로 그렇게 불리는 존재가 된다는 이야기가 있습니다만……."

"그렇다면 난 선택받지 못한 거군. 난 이 검의 힘을 전부 끌어내지 못했어. 신도 되지 못했고. 나에게 이 검은 그냥 괴물 상대로 강한 무기에 불과해. 그러니 내가 《신을 참획한 자》가 될 수 없다면…… 차선책을 둘 수밖에."

"하긴 그렇겠군요. 하오나 당신이 고안하신 그 계획은 세계의 율법과 섭리를 비트는 금기이자 죄업이기도 합니다. ……어지간한 각오로는 이룰 수 없을 터입니다만?"

"……그래서 아카식 레코드가 필요한 거야."

내 제안에 고개를 약간 갸웃거린 파웰은 내 옆에 서 있는 레 파리아에게 시선을 돌렸다.

"그쪽에 계신 아가씨…… 새로운 신 《공간의 천사》 님도 같은 의견이십니까?"

“아, 예!”

그러자 레 파리아는 왠지 절박한 표정으로 수긍했다.

“티투스 님의 마음은 이미 한계예요! 매일 같이 악몽과 공포에 시달리느라…… 그런데도 어떻게든 사람들을 지키려고, 이 세계를 지키려고 절차부심하고 계신데…… 라 틸리카 언니는 그걸 몰라준다구요! 그 사람은 근본적으로 이 세계와 인간에게 관심이 없으니까 모든 것을 걸고서라도 그걸 지키려는 티투스 님의 마음과 상냥함을 이해하지 못해요! 티투스 님을 저한테만 맡긴 채 혼자 이 세계를 여기저기 어슬렁거리기만 하고……! 티투스 님이 정말 괴로울 땐 곁에 있어 주지도 않고! 그래도 전…… 저만은 티투스 님의 편이에요! 그야 전 티투스 님에게 힘을 드리기 위해 존재하는 거니까요! 그렇게라도 하지 않으면 전 그냥 티투스 님의 짐…….”

마지막에 뭔가를 말하려다 만 레 파리아는 슬픈 눈으로 고개를 숙여 애원했다.

“그러니 파웰 님……! 부디 티투스 님께 협력해주세요!”

“……알겠습니다.”

잠시 침묵을 고수하던 파웰은 이윽고 엄숙한 표정으로 고개를 끄덕였다.

“이 신에 대한 반역이나 다름없는 계획도 어쩌면 《문의 신》의 계보…… 《공간의 천사》 님의 힘이 있다면 가능할지도 모르겠군요. 그리고 무엇보다 제 주신이자 숙적인 《무구한 어둠》에 대한 반역이라는 말이 제 가슴을 뛰게 하고 있는 것 또한 사실. 좋습니다. 서로 손을 잡도록 하지요. 저는 저대로 계속해서 「나」를 소멸시킬 수 있는 「눈」의 연구를 진행할 생각입니다만…… 그 외의 부분에서는 두 분의 힘이 되어드리도록 하겠습니다."

"……파웰 신부님."

"자, 그럼 앞으로 바빠지겠군요."

―――――.

"……남루스."

기괴한 이형들과의 전투 도중 불현듯 보인 기억에 글렌은 어깨 위에 있는 남루스를 힐끗 쳐다보았다.

『……아무것도 아냐. ……아무것도.』

그녀는 고개를 돌려 먼 곳을 보고 있었다.

글렌의 위치에선 지금 그녀가 어떤 표정을 짓고 있는지 알 수 없었다.

―――――.

그리고 난 계획을 실행에 옮기기 시작했다.

먼저 《문의 신》과의 교신에 필요한 멜갈리우스의 천공성을 지었다.

모델은 예전 세계에서 내가 좋아했던 고향의 애니메이션 영화였다.

그리고 주변국들을 침공해 대량의 실험체를 확보하고. 마술 실험과 연구에 필요한 산 제물을 모았다.

모처럼 이 정도까지 발전시킨 세계를 파괴하는 것과, 과거에는 내게 감사하고 진심으로 따라 주었던 백성들에게 욕을 먹고 저주받는 것은 괴로웠지만…… 그래도 어쩔 수 없었다.

이 안녕과 평화는 어차피 한때의 물거품이니까.

진정한 안녕과 평화를 위해서는 반드시 필요한 희생이었다.

그렇게 어마어마한 수의 백성을 희생해 가면서도 나는 멈추지 않았다.

그러니 결별이 찾아오는 것도 자연스러운 일이었다.

————.

"잠깐만, 티투스! 이게 대체 뭐야! 내가 잠시 눈을 뗀 사이에 세계를 이렇게 엉망으로 만들다니…… 대체 무슨 생각이야?!"

"웃기지 마! 난……! 이런 짓을 하라고 너한테 힘을 준 게 아니야!"

"레 파리아도! 네가 곁에 있으면서 왜 이렇게 된 건데! 내가 뭘 위해 너희 둘을 배려해서 거리를 둔 건지 알기나 해?!"

"설명해 줘! 제대로 설명해 달라구! 난 모르겠어! 당신이 무슨 생각을 하는 건지 전혀……!"

"부탁이야. 부탁이니까 제발 모처럼 우리가 처음부터 쌓아 올린 이 세계를 파괴하지 말아 줘! 이제 그만해! 이제야…… 조금씩…… 좋아지려고…… 했는데!"

"……작별이야. 더는 당신들과 못 어울려 주겠어. 지금의 당신은 예전 세계에서 비난했던 인간들과 똑같아. ……지옥에나 떨어져 버려, 쓰레기 자식."

————.

정신이 아득해질 정도로 긴 시간을 함께했던 소중한 가족과의 결별은 괴로운 일이었지만, 어쩔 수 없었다. 어쩔 수 없는 일이었다.

그럼에도 나는 계획을 중지하지 않았다.

모든 것을 지키기 위해, 모든 것을 파괴해 가며.

그 모순을 깨닫지 못한 채, 광기에 물든 채 계획을 진행해

나갔다.

――――――.

“오오, 이 실험체는 굉장해! 로자리아의 왕녀 알테나…… 너도 과거의 알테나 웨이틀리처럼 신을 낳을 수 있는 이능력자였어! 이름까지 똑같은 건 이미 기적이야! 알테나…… 넌 우리를 위해 태어난 거라고!”

“맞아요, 티투스 님! 이걸로 만에 하나를 위한 보험…… 【막달라의 수태 의식】도 완성되겠죠!”

“그래. 설령 우리가 어떤 요인으로 인해 헤어지더라도…… 이 알테나의 핏줄에 널 몇 번이고 계속 낳게 만든다면 그 육체와 영혼은 조금씩 너와 같아질 거야. 언젠가 반드시 레 파리아로서 부활하는 거지! 다시 태어나는 거라고!”

“다행이에요. ……요즘 세리카라는 불온분자가 날뛰고 있어서 조금 걱정했는데…… 이걸로 만에 하나의 일이 생겨도 안심이겠네요. 저희는…… 영원히 쭉 함께예요!”

“그래, 정말 다행이야! 너도…… 정말 고맙다, 알테나. 태 어 나 줘 서 고 마 워.”

그렇게 한껏 들뜬 나와 레 파리아 앞에는 ■■■가 ■■■고 ■■■■■■■■■진 소녀의 모습이 있었다.

실험과 개조 끝에 만들어진 참으로 아름답고 기능적이고

예술적인 모습이었다.

"부탁이에요, 도와주세요, 이제그만죽여주세요, 괴로워요, 고통스러워요, 죽고싶어, 내팔다리를돌려줘, 내장을돌려줘, 언니, 날구해줘구해줘구해줘구해줘구해줘구해줘g우해z우어우에o우에, mj가ky……아……."

———.

나는 멈추지 않았다.

이제 뭐가 옳고 그른지조차 알 수 없었지만, 멈춰 설 수는 없었다.

이 세계를 구하기 위해. 이 세계를 구하기 위해. 이 세계를 구하기 위해.

그리고 내 목적의 숭고함도 이해하지 못하는, 자기만 정의로운 줄 아는 어리석은 마술사— 세리카가 무지몽매하게도 내게 싸움을 걸어 왔다.

그렇게 한 번은 압도적인 힘과 격차를 보여 주며 이차원으로 추방했지만…….

———.

“끝을 내주세요, 선생님!”

“하아아아아아아아아아아아아아아아아아앗! 좋았어, 가! 세리카아아아아아아아아아아아아아아아아아!”

“아…….”

“……거짓말.”

“하아아아아아아아아아아아아아아아아—앗!”

“……말도…… 안 돼! 내가…… 이 내가아아아아아아!”

“시끄러워! 냉큼 꺼지라고! 이 패배자 놈아!”

———.

유감스럽게도 내 비원을 달성하기 직전.

대체 무슨 수를 쓴 건지 이 시대로 귀환한 세리카와, 그녀의 제자를 자칭하는 남자와, 어째선지 《풍황취장》을 매우 닮은 소녀에 의해 저지되고 육체까지 잃고 말았다.

레 파리아와도 헤어지게 되었다.

하지만 이 정도로는 내 걸음을 멈출 수 없었다. 좌절시킬 수 없었다.

이런 사태를 대비해서 미리 《계혼법》의 첫 전생처로 설정해 둔 미래에서 완전 부활을 달성한 나는 나를 기다리고 있던 파웰과 합류했다.

그리고 《하늘의 지혜 연구회》를 창설하고 【성배의 의식】에 바칠 멜갈리우스의 백성의 후손을 모아 알자노 제국도 세웠다.

거기다 이번에도 만약을 대비해 준비해 뒀던 「알테나를 재생하기 위한 일회용 전용 마술」을 《부활의 신전》에서 시전해, 부활한 알테나를 알자노 제국 왕실에 편입시켰다.

그리고 긴 역사 속에서 알자노 제국을 키워나갔다.

《계혼법》을 되풀이하며 알테나의 자손들과 대대로 교배해서 내 사랑스러운 천사, 레 파리아를 계속해서 재생시켰다.

처음에는 그녀와 조금도 닮지 않았던 알테나의 자손들도 세대를 거듭하면서 서서히 용모가 비슷해졌다. 영혼과 권능도 복원되고 있었다.

그리고 도중에 이 왕실과 제국민의 핏줄을 이웃나라 레자리아 왕국에 나눠서, 다양한 사태에 대응할 수 있도록 몇 겹의 보험을 걸어 두었다. 그리고 적당한 타이밍을 봐서 손을 떼고 제국이라는 성배의 제단에 다시 산 제물을 쌓아 올렸다.

————.

"레돌프 피벨. 넌 정말 그걸로 만족하는 거야? 네 목숨은 이제 얼마 안 남았어. 조금만 더 버티면 동경하던 천공성에 도달할 수 있었을 지도 모르는데…… 이대로 노화와 병 때문에 죽어가고 있잖아. 이제 곧 당신의 인생은 전부 물거품이 될 거야. 아무런 의미도 남기지 못한 채. 넌 손녀에게 전부 맡기겠다고 했지만…… 정말 그걸로 만족할 수 있겠어? 정말로?"

"으…… 아…… 그, 그만, 그만해다오. 나, 나는…… 난! 콜록! 콜록! 크으……."

"……망설일 필요는 없어. 두려워할 필요도 없어. 내 손을 잡아. 네가 「내」가 되는 거야. 그러면 분명 넌 바라던 모든 걸 손에 넣고, 지금까지의 인생도 전부 보답받을 수 있을 테니까……."

————.

내 행보는 계속되었다.

이제 와서 멈춰 설 수는 없었다. 물러설 수도 없었다. 그랬다간 지금까지의 노력과 희생이 전부 헛되게 될 테니까.

다행히도 별이 가리키는 제한 시간까지는 아직 여유가 있었다.

이 세계에 《무구한 어둠》이 간섭하는 건 아직 먼 미래의 일이었다.

늦지 않을 터.

시간은 충분하다. 이 세계를 지킬 수 있다.

그렇게 난 《대도사》로서 계획을 계속 진행시켰다. 그리고—.

————.

"아, 그건 이제 됐어."

푸욱!

살을 뚫는 소리가 들렸다.

"……어……?"

"그야 결말이 뻔히 보이잖아. 뭐, 백 퍼센트 글렌이 이기겠지. ……난 그렇게 「읽었어」."

내가 모든 것을 걸고, 모든 것을 불태우며 너무나도 긴 세월 동안 앞만 보고 달려온 끝에.

이제 조금. 조금만 더 기다리면 꿈이 이루어질 타이밍에.

그 미쳐버린 《정의》가 뒤에서 날 찌른 것이다.

아이러니하게도 신을 죽이기 위한 칼날이 내 목숨을 끊은 것이다.

이젠 방법이 없었다.

이대로 사라질 수밖에 없었다.

내가 정신이 아득해질 정도로 긴 세월 동안 쌓아 온 모든 것이 물거품이 됐다는 걸 자각한 순간.

“……아, ……아, ……아 ……아아 ……아아, ……아아아아, 으아아!”

————.

파키이이이이잉!

카차아아아아아아아아아아아아아아아아아아아아앙!

뭔가가 깨지고 떨어져 내리는 소리와 함께 세상이 암전되었다.

누군가의 긴 꿈이 끝났다.

터무니없이 길었던 악몽이 마침내 막을 내린 것이다.

정적.

그리고…….

“후우……! 후우……! 헉, 헉…… 사람 귀찮게 하기는……!”

사투 끝에 모든 악몽을 돌파한 글렌 일행은 멜갈리우스

의 천공성, 그 외연부에 착지해 있었다.

글렌과 시스티나에게는 낯익은 장소였다.

옆에 서 있는《예지의 문》.

기이하게도 이곳은 수천 년 전의 세계에서 글렌과 세리카가 마왕과 최후의 일전을 벌인 공중정원이었다.

바람이 거칠게 불었지만, 마치 씐 것이 떨어진 것처럼 하늘을 뒤덮고 있던 어둠과 혼돈이 어디론가 사라진 덕분에 시야가 탁 트여 있었다.

뒤를 돌아보면 저 너머까지 무한한 하늘이 펼쳐져 있었고.

고개를 들면 기묘한 조형의 거대한 성이 바로 눈앞에 있었다.

"아무래도…… 끝이었나 보군."

강풍에 펄럭이는 외투를 걸친 글렌이 지금까지 자신이 내려온 하늘을 올려다보았다.

『그러게. ……그를 그이게 한 근원적인 공포는, 전부 정화된 것 같아.』

글렌의 어깨 위에 앉은 남루스도 작은 목소리로 동의했다.

"후우~ 무서웠어. ……이런 건 이제 두 번 다시 사양이야."

"……글렌."

시스티나가 새파랗게 질린 얼굴로 몸서리치는 한편, 리엘은 경계가 섞인 딱딱한 목소리로 글렌을 부르며 한 곳을 향해 대검을 세워 들었다.

그곳에는 사람이 엎드린 자세로 쓰러져 있었다.

하지만 저자가 걸친 소수민족의 의상을 못 알아보는 사람은 여기에 없었다.

저자의 정체는…….

"……《대도사》…… 마왕!"

만악의 근원을 본 순간, 글렌의 눈이 날카로워졌다.

"사라졌나 싶더니 이런 곳에 있었던 거네요."

"끈질긴 자식일세."

루미아와 글렌은 전투태세를 취했다.

"아…… 으……."

하지만 본인은 글렌 일행을 전혀 눈치채지 못한 건지 작은 목소리로 뭔가를 계속 중얼거리면서 성을 향해 느릿느릿 기어가고 있었다.

천천히, 마치 정말로 달팽이가 된 것처럼 천천히.

"너희들은 물러나 있어. ……결판을 내고 오마."

글렌은 권총을 뽑아들고 《대도사》의 곁으로 신중히 걸음을 옮겼다.

하지만 그는 여전히 아무런 반응도 보이지 않았다.

아마 아무것도 보이지 않고 들리지 않는 상태이리라.

이미 《대도사》의 정신은 완전히 붕괴된 듯했다.

다만, 마지막으로 남겨진 지푸라기라도 잡아당기는 듯이 그저 성을 향해 기어가고만 있을 뿐이었다.

그리고 거리가 가까워지자 글렌의 귀에도 《대도사》가 무는 말을 중얼거리는지 들리기 시작했다.

"으, 아…… 지……킨다……, 이…… 세계…… 지켜……."

「지킨다」.

《대도사》는 그저 그 말만 잠꼬대처럼 되풀이하고 있었다.

아마 본인도 자신이 무슨 말을 하고 있는지 이해하지 못하고 있으리라.

그럼에도 그저 그 말만 반복하며 그의 꿈이었던 천공성을 향해 기어갔다.

설령 그 「지킨다」는 것이 뒤틀릴 대로 뒤틀린 형태이고, 절대로 받아들일 수 없는 악이고, 누구에게도 찬사받지 못할 일이라 할지라도.

용서받을 수 없고, 엄연히 단죄해야 할 「행위」라 하더라도.

그 「마음」만은 결코 함부로 폄훼할 만한 성질의 것이 아닐지도 몰랐다.

"……."

글렌은 그런 애처로운 《대도사》의 모습을 잠시 지켜보았다.

지금까지 이 남자가 그 독단적인 위선으로 세계를 마음대로 농락한 탓에 대체 얼마나 많은 사람이 고통받았던가.

게다가 이 남자 때문에 자신이 세상에서 가장 사랑하는 가족인 세리카는 필설로 형용할 수 없는 갈등을 품고 고뇌

한 끝에 과거에 홀로 남겨지고 말았다.

원래대로라면 백 번을 죽여도, 지옥 밑바닥에 처박아 버려도 성치 않을 인간일 터.

하지만 이때 글렌은 어째선지 아무런 증오심도 살심도 느끼지 못했다.

당연히 용서할 생각도, 가엽게 여길 생각도, 이해해 줄 생각도 전혀 없지만 말이다.

『……글렌. 그만…… 끝내 줘.』

물기가 섞인 남루스의 간절한 목소리가 귓속으로 흘러 들어왔다.

그리고 잠시 후.

"……《세트》."

권총의 격철을 당긴 글렌은 주문을 영창하며 한쪽 무릎을 꿇었다.

그리고 아직도 정신이 붕괴된 상태로 「지킨다」는 말만 되풀이하는 《대도사》의 뒤통수에 총구를 가져다 댔다.

대도사는 아무런 반응도 없었다.

여전히 혼잣말을 반복하며 앞으로 기어가려 할 뿐.

『……잘 가, 타카스 쿠로. 내가 사랑했던 마스터.』

남루스가 등을 돌리며 흘린 말이 거칠게 부는 바람과 한

발의 메마른 총성을 타고 저 멀리 흩어졌다.

———.

모든 생명 활동이 완전히 정지한 《대도사》의 육체는 이 세계의 섭리에서 완전히 벗어난 존재가 되었던 탓인지 이윽고 빛의 입자로 변해 바람을 타고 날아갔다.

그리고 빙글빙글 회전하며 아득히 먼 저 하늘 너머로 사라져 갔다.

그 존재가 이 세계로부터 소멸된 것이다.

"……할아버님……."

나부끼는 머리카락을 누른 채 눈으로 그 모습을 하염없이 배웅하는 시스티나가 흘린 말도 바람을 타고 사라졌다.

그녀도 알고 있었다. 사랑하는 조부는 이미 옛날에 죽은 사람이고, 저 《대도사》는 조부와 본질적으로 완전히 다른 존재라는 것쯤은.

하지만, 그래도 그가 조부의 기억과 육체를 계승한 존재였다는 건 변함없었다.

그러니 슬픈 생각이 드는 것도 어쩔 수 없었다.

"……시스티……."

"……."

그런 친구의 등을 루미아와 리엘이 걱정스러운 눈으로 지켜보는 한편.

"……흥. 저 망할 자식한테도 이런저런 일이 있었구만."

글렌은 제자들과 조금 떨어진 곳에서 남루스와 대화를 나누고 있었다.

"그야 그렇겠지. 이런 거창한 짓을 저지를 정도였으니…… 그 녀석한테도 나름「정의」라는 게 있었겠지. 누구에게도 양보할 수 없는「정의」가."

『……그러게. 절대로 용서받을 수 있는 일은 아니었지만. 도저히 받아들일 수 있는 성질의 것은 아니었지만 말이야. 그에게도 이 세계의 미래를 걱정하는 마음이 있었다는 것만은…… 틀림없는 사실이겠지.』

남루스는 안타까운 목소리로 탄식했다.

"마음, 인가."

그리고 그렇게 말하는 글렌의 표정이 한순간 흐려진 것을 눈치챘다.

『왜 그래? 글렌.』

"아니, 난……."

글렌은 대답하려 했지만, 곧 말문이 막혀버렸다.

『……?』

남루스가 고개를 갸웃거리며 뒷말을 기다렸지만, 글렌은 아무 말도 하지 않았다. 할 수 있을 리 없었다.

방금 머릿속을 스쳐 지나간 의문이.

—이토록 강한 각오가 나에게도 있을까.

—애초에 그런 마음을 품을 자격이 있을까, 였기 때문이다.

생각해 보면 자신은 늘 그랬다.

군에 있을 때도, 군을 그만둔 후에도.

그저 자신의 보잘 것 없는 에고를 억지로 관철해 왔을 뿐이다.

거기에 마왕처럼 강한 각오는 틀림없이 없었을 터.

만약 있었다면 군을 때려치우고 도망치지도 않았을 것이다.

어쩌면 모든 게 어중간한 주제에 그때그때 기세와 악운만으로 지금까지 우연히 잘 무마해 왔던 게 아닐까?

왠지 주위에선 날 이상할 정도로 치켜세워 주는데, 혹시 과대평가가 아닐까?

지금은 세리카의 의지와 힘을 물려받고 이 세계를 지킬 마음을 먹게 됐지만, 그건 정말로 나 자신의 의지일까?

"……."

하지만 이제 와서 그런 말을 할 수는 없었다.

남루스 앞에서. 시스티나, 루미아, 리엘 앞에서.

저마다 결의와 각오를 다진 그녀들 앞에서.

이 세계를 구하기 위해, 모든 것을 건 싸움 앞에서 다른 누구도 아닌 내가 이제 와서 그런 마음 약한 소리를 할 수는 없지 않은가.

"……아니, 아무것도 아냐. 시간도 없으니…… 조금 쉬고 나서 출발하지."

그렇게 대화를 끊은 글렌이 제자들에게 돌아가려 한 순간.

『……왔는가.』

갑자기 뒤에서 누군가의 기척이 느껴졌다.

"……큭?!"

반사적으로 권총 손잡이에 손을 대고 뒤로 도약해 전투태세를 취한다.

그리고 기척의 주인을 빈틈없이 응시했다.

"……어?! 너, 넌……!"

제4장 올바른 칼날

르바포스 성력 1854년 노바의 달 15일.

현재 세계에서 가장 모독적이고 역겨운 지옥으로 변모한 땅— 자유도시 밀라노를 이 북 셀포드 대륙 전토에서 집결시킨 대군이 모든 사태에 즉시 대응 가능한 상태로 빈틈없이 포위하고 있었다.

그나마 불행 중 다행인 건 밀라노가 북 셀포드 대륙의 거의 중앙에 위치한 지역인 덕분에 대륙 서부 국가들의 군대를 알자노 제국의 알리시아 7세가, 대륙 동부 국가들의 군대를 레자리아 왕국의 파이스 카디스가 필사적인 노력 끝에 기적적인 속도로 이 땅에 집결시킬 수 있었다는 점이었으리라.

알자노 제국.

레자리아 왕국.

갈츠.

세리아 동맹의 각 도시 및 각 국가.

탈리신.

하라사.

일륜국.

알마네스 등등.

지금 전 세계의 마도병력 박람회 같은 모습이 된 이 땅에서는 도합 50만에 달하는 전 세계의 마도병력이 모여 밀라노를 포위 중이었다(마도계열 외의 병종은 이 전투에서 전력이 되지 않으므로 제외되었다).

물론 완벽함과는 거리가 멀었다. 각 나라들도 자국을 현재진행형으로 먹어 치우고 있는 「곁뿌리」를 막는 일에 전력 중 상당수를 할애했기 때문이다.

그러나 밀라노의 「제뿌리」는 대지의 레이라인을 통해 아득히 멀리 떨어진 세계 각지에도 「곁뿌리」를 무한히 뻗어 내릴 수 있다.

다시 말해, 결국 「제뿌리」를 치지 않으면 무한히 증식하는 「곁뿌리」로 인해 점점 궁지에 몰리게 될 뿐이라는 건 2백 년 전 마도대전 당시의 기록만 봐도 명백했다.

지난 정상회담에서 알리시아 7세가 보여준 카리스마 덕도 있겠지만, 이토록 문화·종교·마술 체계가 전혀 다른 잡탕 혼성군이 연계와 통솔을 유지하며 같은 자리에서 하나의 목적을 위해 힘을 합쳐 군사적인 행동을 취하는 건 향후 수백 년은 찾아볼 수 없는 기적 같은 일이리라.

그야말로 장관.

다양한 컬러의 군대가 규율 있게 보폭을 맞춰가며 전개되는 모습은 인류의 새로운 가능성조차 느껴지게 하는 감동적인 광경이었다.

하지만.

그 이상으로.

눈앞에 있는 밀라노의 대지에 펼쳐진 광경은 너무나도…….

"이, 이건 상상했던 것 이상이네……."

밀라노 북서부에 있는 높은 건물에 설치한 제국군 본진에서 원견 마술로 그 광경을 확인한 이브는 식은땀을 흘리며 신음을 뱉을 수밖에 없었다.

일찍이 예술의 최첨단을 자랑하는 찬란했던 도시가 이미 그 흔적조차 찾아볼 수 없이 처참하게 파괴된 상태였기 때문이다.

그리고 현재 그 터에서 마치 새로운 기념비처럼 위용을 자랑하고 있는, 구름을 관통한 거인처럼 하늘을 향해 곧게 서 있는 《뿌리》는 이브 일행이 페지테에서 목격했던 것보다 몇 배나 더 굵고, 거대하고, 역겨운 형상을 취하고 있었다.

저것이 바로 「제뿌리」. 전 세계에서 현재진행형으로 이 세계를 먹어 치우고 있는 《뿌리》의 본체.

그 크기가 너무나도 거대한 탓에 원근감이 이상한 데다 보기만 해도 마음과 정신력이 깎여 나가는 듯한, 마치 악몽 같은 폭력적인 광경이었다.

그리고 위협적인 건 저것뿐만이 아니었다.

「제뿌리」를 중심으로 저 주변 일대에는 비슷한 질감의 부정형 괴물들이 생리적인 혐오감을 불러일으키는 동작으로 꿈틀거리고 있었다.

수를 헤아릴 의미가 없다는 것이 무한과 같은 뜻이라면, 저것들은 그야말로 무한한 수의 적일 터.

대지가, 언덕이, 초원이 지평선 끝까지 그 부정형 괴물로 가득했고, 이 멀리 떨어진 본부에서 조망한 저 일대는 흡사 역겨운 살덩이로 이루어진 융단처럼 보였다.

심지어 지금 눈에 보이는 게 끝이 아니라 「제뿌리」 외벽에 있는 숨구멍 같은 수많은 구멍에서는 계속해서 그 부정형 괴물들이 현재진행형으로 증식하는 중이었다.

저것들 또한 《뿌리》— 정확히는 《뿌리》에서 자라나는 「뿌리털」 같은 존재에 불과하다는 모양(남루스 왈)이지만, 지금은 저 모독적인 생물의 생태학을 논하고 있을 때가 아니었다.

저 「제뿌리」를 한시라도 빨리 제거하지 않으면 정말로 세상이 끝장나 버릴 터.

현재 가장 중요한 사항은 오직 그 사실뿐이었다.

"폐하의 카리스마 덕분에 전 세계가 일치단결해서 재앙에 맞선다는 터무니없는 기적이 일어났어. 그래, 거기까진 좋아. 하지만 아무리 그래도 저건 너무하잖아……."

지리상의 수치로 따지면 여기서 한참 멀리 떨어져 있을 텐데도 본진에 있는 이브가 저 「제뿌리」의 전모를 확인하려면 고개를 바짝 쳐들어야 할 지경이었다.

'저게 사신병의 진정한 모습…… 저 앞에서는 최강의 환상종인 드래곤조차 하찮은 날벌레로 보일 지경이야. 우리가 페지테에서 대치했던 「곁뿌리」와는 규모와 격이 달라도 너무 다르잖아. 저건 인간이 맞서 싸울 수 있는 상대가 아니야. 정말로 가능할까? 우리가 저걸 해치울 수 있을까?'

"이브 이그나이트. 이제 와서 뭘 그렇게 쫄고 있는 거야?"

이브가 이마에서 식은땀을 흘리며 넋을 잃은 채 저 악몽 같은 광경을 바라보고 있자, 옆에서 누군가의 냉담한 목소리가 날아들었다.

그 목소리의 주인은 일리아 일루주. 제국 궁정 마도사단 특무분실에서 공석이 된 집행관 넘버 18 《달》로서 다시 임시 채용된 소녀였다.

"아앙? 혹시 「난 사랑하는 글렌 님이 곁에 없으면 안 돼~」라는 거? 하아~ 넌 그렇게 머릿속이 꽃밭이니까 그 나이까지 처녀 딱지를 못 뗀 거라고."

"뭐?! 누, 누가 누굴 사랑한다는 거야!"

일리아가 어깨를 으쓱이며 무시하듯 빈정거리자, 이브는 격하게 반응했다.

"……저번 전투에서도 무슨 일이 있을 때마다 글렌~ 글렌~

거린 주제에 이제 와서 뭔 소리래?"

"뭐어?! 아, 아니거든? 나, 나, 난 한 번도 그런 적……."

"참 알기 쉬운 반응이네. 그냥 떠본 것뿐인데. 뭐, 그보다 자. 어서 진두지휘나 제대로 하시죠, 총사령관님."

"크…… 그게 상관에게 취할 태도야?! 이런 상황만 아니었으면 강제 퇴역은커녕 영창에 처박아 버렸을 텐데……!"

이브는 시치미 떼는 일리아를 이를 갈며 노려보았다.

입장만 놓고 보면 일리아는 지명수배 중인 국가반역자다.

그러나 전력과 인재가 부족해도 한참 부족한 이 전대미문의 상황에서 그녀 같은 우수한 마술사를 썩혀둘 수는 없었다.

그래서 지금과 같이 특별사면이라는 형태로 이브의 감시하에 놓여 있는 것이다.

실제로 일리아는 오랫동안 정체를 감춘 채 아젤을 보좌했던 만큼 부관으로서의 능력이 탁월했다. 제국군의 잔존병력을 이토록 순탄하게 이 땅에 옮겨 온 것은 당연히 이브의 훌륭한 지휘 덕도 있었지만, 그런 그녀를 뒤에서 보좌한 일리아의 공도 컸음을 부정할 수는 없으리라.

"당신, 왠지 나한테만 이상하게 틱틱거리는 거 아냐? 얼마 전까지만 해도 적이었다는 걸 감안해도!"

"……기분 탓이겠지."

일리아는 시선을 피해 버렸다.

이건 사실 그녀가 이브의 배다른 언니였기 때문이지만, 본

인은 아직 모르고 있었다.

"아, 진짜! 일리아! 당신, 나중에 두고 봐! 각 부대에 전달! 12시부터 예정대로 즉시 군사작전 행동을 전개한다! 각 부대, 진격준비 개시!"

""""Yes, Sir!""""

"그리고 양익으로 전개하는 갈츠 군과 세리아 동맹군에도 빠르게 전달! 작전대로 각국이 맡은 전역에 일제히 압력을 가할 것! 이상!"

이브에게서 지령을 받은 주위의 제국군 장교들이 분주히 움직이기 시작했다.

그리고 보고와 전달을 주고받는 가운데, 이브는 계속해서 세세한 지시를 내렸다.

"……자, 이젠."

일단 필요한 지시를 전부 내린 이브는 자기도 모르게 하늘을 올려다보았다.

그곳에는 시공이 뒤틀린 탓에 세계 어디에서나 볼 수 있게 된 멜갈리우스의 천공성이 거대한 위용을 자랑하고 있었다.

'이제 나머진 운에 맡길 뿐……! 이쪽은, 어떻게든 해 볼게. 그러니 당신도 최선을 다해. 그리고…… 반드시 무사히 돌아오도록 해. 알겠지? 글렌…….'

일리아가 「그것 보라지」라는 눈으로 쳐다보는 것을 무시한 이브는 전투가 시작되기 전까지 그 천공성에서 눈을 떼지 않았다.

――――.

"너, 넌……?!"

폭풍처럼 거센 바람이 부는 멜갈리우스의 천공성, 외연부에 높이 서 있는 《예지의 문》 아래에서 그 인물, 아니, 「마인」은 모습을 드러냈다.

전신을 가린 붉은색 로브. 후드 안쪽에 보이는 건 무한한 심연.

왼손에는 붉은 마도(魔刀). 오른손에는 칠흑색 마도. 온몸에서 피어오르는 검은 영기(靈氣)[오라].

마치 인간의 형태를 한 어둠이 로브를 뒤집어쓴 것 같은 모습의 마인.

동화 『멜갈리우스의 마법사』에서도 가장 수수께끼였던 존재.

"《마황인장(魔煌刃將)》…… 아르 칸!"

진정한 최후의 마장성이 등장하자, 글렌 일행은 즉시 전투태세를 취하며 마인과 대치했다.

수천 년 전 마왕과 결전을 벌이기 전에 한 번 만난 적이 있다 보니 조금 혼란스러웠지만, 글렌은 예전에 『타움의 천문신전』에서 저 마인을 격파했던 사실을 떠올렸다.

'……그러고 보니 그땐 「문 너머에서 기다리겠다」고 했었지.'

『…….』

하지만 아르 칸은 전신에서 무시무시한 압력을 내뿜으면서도 말없이 서서 자신들을 가만히 응시하고만 있을 뿐이었다.

의도를 조금도 읽을 수가 없었다.

"칫."

글렌은 어쩔 수 없이 혀를 차며 앞으로 나섰다.

"혹시 아직도 문지기 노릇이야? 네 주인인 마왕 자식은 이미 뒈졌는데 고생이 많네. 그래서? 불손하게 치트키로 문을 스킵해 버린 우리를 어떻게 할 셈이지?"

『……네놈인가.』

하지만 아르 칸은 글렌의 물음에 대답하지 않고 짧게 반응했다.

……기묘한 일이로군. 별의 시간이 돌고 돌아 이 몸 앞에 선 자가…… 세리카도, 티투스도 아닌 네놈일 줄이야. 그런데 대체 무슨 일이 있었던 거지? 약 반년 전 봉인된 예지의 문 앞에서 대치했을 때와는 비교도 안 될 정도로 위계가 상승했군. 그야말로 놀라울 정도로. 네놈의 그 힘은, 존재는 마치 이 몸의…….』

아르 칸이 갑자기 이해할 수 없는 말을 중얼거리다 입을 다물어버리자, 글렌은 짜증스럽게 반응했다.

“야, 인마. 너…… 어지간히 내가 아웃 오브 안중이었나 보다? 수천 년 전에도 넌 나랑 만난 적이 있었거든?”

『수천 년 전? 말도 안 되는 소리. 타움의 가호를 받은 영원(이모탈)자이거나, 아니면 《시간의 끝》에 있었던 것이 아닌 이상…… 아무튼 평범한 인간의 몸으로 그러한 막대한 시간의 흐름 속에서 존재를 유지할 수 있을 리가…… 아니…….』

아르 칸은 글렌과 그의 어깨 위에 있는 남루스를 보고 다시 입을 다물었지만, 곧 뭔가를 깨달은 듯 입을 열었다.

『……그렇군. 참으로 기묘한 시간의 인과가 있었던 것 같군. 수천 년 전 당시 세리카의 제자를 자칭했던 자가…… 설마 네놈이었을 줄이야.』

“이해가 빨라서 다행이네. 그건 솔직히 진심으로 설명하기 번거로웠거든.”

『그런가. 이 거대한 시간의 특이점에서 이 몸 앞에 선 자가 세리카도 마왕도 아닌 네놈이라니…… 이 또한 운명의 선택인가. 혹은 마땅히 이루어질 필연이었던 것일까…….』

글렌은 그런 아르 칸에게 날카롭게 질문을 던졌다.

“너…… 저 문을 지키는 문지기라고 했지?”

그리고 아르 칸의 옆에 있는 《예지의 문》을 턱으로 가리켰다.

“뭐…… 이번엔 편법 써서 저 문을 통과하지 않고 온 건데…… 내가 묻고 싶은 건 문지기인 네가 우리를 이대로 가만히 놔줄 거냐는 거야.”

『…….』

"반년쯤 전의 넌 우리가 지나가는 걸 막았어. 자격이니 뭐니 하면서. 그런데 막상 수천 년 전의 고대문명 시대에선 우리가 지나가도록 길을 내버려 뒀지. 그때도 역시 이해할 수 없는 이유로.』

『…….』

"이번에는 어느 쪽이지? 지나가게 내버려 둘래, 아니면 막을래? 만약 막겠다면…… 힘으로 지나가 주지. 지금은 이쪽도 세계의 운명을 짊어지고 있다고."

글렌은 왼손에 《세계석》을 소환하고, 오른손은 총 손잡이에 댄 채 언제든지 싸울 준비를 갖췄다.

그 모습을 본 시스티나, 루미아, 리엘 사이에도 긴장감이 흘렀다.

그야말로 일촉즉발의 순간이었으나, 아르 칸은 미동조차 하지 않았다. 그 심연을 머금은 후드 안쪽에서 일행의 모습을 가만히 살필 뿐이었다.

'역시 전투는 피할 수 없나?'

글렌이 그렇게 각오를 다진 순간.

『나는…… 이 몸이 섬길 가치가 있는 주인을 찾고 있다.』

갑자기 아르 칸이 기묘한 선언을 하기 시작했다.

『그것을 위해 이 몸은 《밤하늘의 처녀》와 거래해 열세 개의 목숨을, 「인간의 모습」을 손에 넣었다. ……이 몸을 사용

할 주인을 직접 이 눈으로 확인하기 위해서.』

"너…… 그건 또 무슨 소리야? 아니, 전에도 비슷한 말을 하긴 했는데……."

글렌이 설명을 요구하듯 남루스를 쳐다봤지만, 그녀도 고개를 저었다.

『……모르겠어. 《밤하늘의 처녀》라는 건 고대의 초마법문명 시대에 내 동생…… 《공간의 천사》 레 파리아를 가리키는 말이었지만 말이야. 아무래도 저 마장성에게는 나도 아직 파악하지 못한 사실이 있었나 보네.』

"잠깐만, 이제 와서 또 수수께끼가 남았다고? 솔직히 이쪽은 슬슬 머리가 한계거든?"

글렌이 어이없어 했지만, 아르 칸은 개의치 않고 말을 이었다.

『이 몸의 존재 이유는 처음부터 단 하나였다. 이 몸은 어떤 목적을 위해 한 존재의 손에 의해 태어나고, 존재가 정의되었다. 그러하기에 그 정의를 따라서 그 목적을 이루기 위해 이 몸을 쓸 자를 찾고 있었다.』

"목적? 존재의 정의? 아니, 애당초 널 쓴다는 게 무슨 뜻이야? 마치 네가 무슨 도구라도 되는 것 같은 말투다만?"

『완벽하다고는 할 수 없으나 이 몸을 다룰 수 있는 힘을 지녔다고 판단한 것은 셋. 첫 번째는, 타카스 쿠로. 두 번째는, 세리카. 마지막 세 번째는 조금 전 후보로 들어온 자…… 저티스 로우판.』

"……뭐?! 저티스?"

뜬금없이 저티스의 이름이 언급되는 바람에 글렌은 경악할 수밖에 없었다.

『하나 타카스 쿠로와 세리카는 힘은 있어도 의지가 없었다. 놈들은…… 결국 패배자였으니까. 의지가 없는 자는 이 몸을 쓸 수 없다. 이 몸의 진정한 힘을 발휘할 수 없다. 그래서 언젠가 그 자격을 얻게 되기를 기대했었다만…….』

"……!"

『그리고 저티스 로우판. 그자에게는 힘도, 의지도 있었다. 그자야말로 현시점에서 이 몸을 사용하기에 가장 어울리는 그릇이었던 셈이지.』

"……잠깐 기다려 봐. 내가 이해할 수 있게 설명해. 힘이라는 건 요컨대 마술사로서의 능력이니 위계를 말하는 것일 테지만…… 의지라는 건 또 뭐야? 이 세계를 말도 안 되는 이기적인 이유로 멸망시키려 드는 그 망할 쓰레기 자식의 대체 뭐가 네 마음에 든 건데?"

『이 몸을 창조한 자는 그것을 이렇게 정의했다. 「스스로의 정의를 가지고 불합리함에 저항하는 의지」…… 다시 말해, 「정의의 마법사」가 되고자 하는 의지다.』

"뭐? 뭐라고……?!"

갑자기 언급된 그 단어에 글렌은 머리를 둔기로 얻어맞은 듯한 충격을 받았다.

"「정의의 마법사」?! 자, 잠깐만! 어째서?! 왜 지금 이 타이밍에 네 주둥이에서 그 단어가 튀어나오는 건데?! 그건 롤랑 엘트리아가 쓴 동화의 작중 조어잖아! 그런데 어떻게 네가 그 단어를 알고 있는 거지?!"

"애, 애초에 납득이 안 된다구요! 어떻게 저티스 같은 광인이 「정의의 마법사」가 될 자질이 있다는 말이 나오는 거죠?! 당신, 제정신이야?!"

글렌과 시스티나가 아르 칸을 추궁했지만, 당사자는 조금도 신경 쓰지 않았다.

『그런 까닭에 이 몸은, 이 몸의 존재 이유에 따라…… 저티스 로우판을 주인으로 선택했다. 그것이 이 차원수의 운명이 선택한 결과. 그리 생각했었다. ……조금 전까지는.』

"……응? 조금 전까지는?"

『예기치 못한 사태가 발생했기 때문이다. 네 번째. 그래, 네놈이다. ……글렌 레이더스. 세리카의 후계자여.』

"……엥? 나……?"

글렌은 입을 떡 벌리며 자신을 가리켰다.

『그렇다. 세리카의 뒤를 이어 시천의 신비에 도달한 네놈에게도 이 몸의 주인이 될 자격이 발생했다. 그러나 부족하다. 이 몸을 사용하기엔 아직 한참 부족하다. 마술사로서는 타카스 쿠로, 세리카, 저티스에 비하면 아득히 뒤떨어져. 하나, 그래도 네놈은…… 네놈이라는 존재는…… 묘하군. ……아니, 설마 그런…… 정녕 그런 일이 있을 수 있다는 건가? 있어도 되는 것인가……?』

이번에도 일방적으로 이해할 수 없는 혼잣말을 중얼거리던 아르 칸이 다시 입을 다물어 버렸다.

그리고 잠시 후.

『역시 확인해 볼 필요가 있겠군. 저티스 로우판인지, 혹은 글렌 레이더스인지.』

아르 칸이 등을 돌리더니 천공성 쪽으로 걸음을 옮기기 시작했다.

『따라오도록. 네놈을 이 몸의 「본체」로 안내하겠다.』

그리고 그 말을 마지막으로 한 번도 뒤를 돌아보지 않았다.

"저, 저 자식 대체 뭐야? 「본체」라고?"

"그래도…… 뭐, 일단 전투를 피할 수 있어서 다행이네요."

"……응."

서로를 마주 본 글렌 일행은 고개를 끄덕인 후 그 뒤를 따랐다.

———.

천공성의 붕괴는 느리지만 분명히 진행되고 있었다.

외연부에서 성벽의 문을 지나 다리를 건너고 개선문을 통과한 글렌 일행은 아르 칸의 안내를 따라 아무도 없는 마을 안을 걷고 있었다.

참으로 불가사의한 광경이었다.

돌로 포장된 도로, 사다리꼴 베이스의 기묘한 건축물, 돔 형태의 지붕이 달린 첨탑, 돌기둥이 늘어선 신전, 곳곳에 설치된 오벨리스크, 공중에 떠 있는 정체를 알 수 없는 큐브.

그밖에도 검은 모노리스나 결정체 구조물 같은 용도를 알 수 없는 건물도 즐비했다.

그것들은 하나같이 이끼와 덩굴로 덮여서 세월의 경과를 짐작하게 했다.

"괴, 굉장해…… 여기가 천공성!"

고대 유적 같은 아름다운 거리의 모습을 본 시스티나는 이런 상황에서도 흥분을 감추지 못했다.

"게다가…… 여긴 분명 아무도 손댄 적 없는 상태죠? 차, 찾아보면 그 전설의 마왕 유물 같은 게 막 튀어나올지도?! 츄릅!"

"야야, 하얀 고양이…… 우리는 유적 발굴하러 온 게 아니거든?"

"아, 알고 있다구요! 그래도…… 아아, 할아버님과 함께 이곳을 탐색하고 싶었는데……."

"참 나, 넌 여전하구나."

글렌은 탄식하며 앞장서서 걷는 아르 칸에게 말을 걸었다.

"야. 그건 그렇고 우릴 어디로 데려가려는 거지?"

『이제 곧 도착할 거다. 그런데 네놈들은 이곳이 마술적으로 어떤 장소인지 알고 있나?』

"그야 뭐…… 대충은. 《문의 신》이던가? 그 녀석과 교신해서 아카식 레코드를 얻기 위한 마술 의식 시설, 이잖아?"

『그렇다. 더 정확히 표현하자면 대규모 마술 연구소다. 타카스 쿠로는 아무튼 《무구한 어둠》에 대항할 수 있는 수단을 간절히 원했다. 그래서 마술을 깊이 연구하기 위해 지은 것이 바로…… 이 멜갈리우스의 천공성이었지.』

"……."

『인간의 집합 무의식…… 꿈의 심층 영역에 존재하는 비실재성 영역인 《환몽계(드림랜드)》. ……《비탄의 탑》을 우직하게 내려와서 문을 통과해야 마침내 도달할 수 있는 영역에 이 성은 지어진 것이다. 그자의 꿈에 의해서.』

"그렇군. 보통은 잠들었을 때 정신만이 닿을 수 있는 영역에 각성상태로 육체와 함께 도달하는 방법을 만들어 낸 건가. 그게 바로 그 《비탄의 탑》이었던 거군. 그리고 인류의 집합 무의식에 지어진 성…… 요컨대 「모두가 함께 꾸는 동일한 꿈」이라서 무슨 수를 써도 물리적으로 간섭할 수 없는 페지테 하늘 위에 있는 이 성의 모습을 이 세계의 인간들이 동시에 볼 수 있는 거라고…… 뭐랄까, 신비의 수준이 완전히 규격 외라 그냥 생각하는 걸 포기하고 싶어지는구만."

아르 칸은 기막혀 하는 글렌에게 계속 말했다.

『결국, 타카스 쿠로는 아카식 레코드를 손에 넣기 위해 【성배의 의식】을 이용해서 《문의 신》과 교신하는 길을 선택했다만…… 당연히 그것으로 끝이 아니었다. 놈은 나름대로 다양한 수단을 고안하고 있었던 거다. ……《무구한 어둠》에 대항하기 위해서.』

"……."

『그것이 바로…… 이것이다.』

"……영묘(靈廟)?"

아르 칸이 안내한 곳은 마을 한켠에 세워진 엄숙한 분위기의 영묘였다.

그곳에는 무한히 펼쳐진 광대한 공간 위에 무수히 많은 제각기 다른 모습의 석상들이 세워져 있었다.

"이건 뭐지?"

『……엘더 갓 《신을 참획한 자》다.』

"……뭐라고? 《신을 참획한 자》……?"

『더 정확히는…… 타카스 쿠로가 꿈에서 본 레플리카다. 엘더 갓 《신을 참획한 자》란 어떤 도검을 손에 들고, 강고한 의지로 《무구한 어둠》과 계속해서 싸워 온 자다. 타카스 쿠로는 이 몸을 촉매로 삼아 《신을 참획한 자》의 꿈을 꾸는 것으로써 그 신성을 이 세계에 재현하려고 했던 거다. 결과는 보다시피 실패였지만 말이지.』

무한히 늘어선 석상.

역시 꿈에서 신의 존재를 재현하겠다는 발상에는 한계가 있었던 모양이다.

몇만 번을 반복해도 만들어진 건 이렇게 내용물이 빈 우상뿐이었던 것이리라.

"……그래도 이거 꽤 잘 만들어졌네. 진짜 살아 있는 것 같아."

"응."

시스티나와 루미아는 신기한 눈으로 주위를 두리번거렸다.

이 장소에는 정말 다양한 모습의 신상이 존재했다.

미모의 청년이거나, 아름다운 여성이거나, 체격이 훌륭한 거한이거나, 나이 어린 소년이거나, 지성이 넘치는 노인이거나, 귀여운 소녀이거나, 악귀처럼 무시무시한 무인이거나, 네 개의 팔과 얼굴을 가진 이형이거나, 인간의 모습과 동떨어진 두려운 형태의 괴물 등등.

공통점은 하나같이 어떤 식으로든 곡도 같은 형태의 검을 소지하고 있다는 것뿐이었다.

'전부 도저히 같은 신성을 이미지한 걸로는 안 보여. ……뭐, 신이나 천사의 모습이 개인이나 종파의 주관적인 해석에 따라 바뀌는 건 흔한 일이지만.'

그런 생각을 하며 주위를 둘러보던 시스티나는 어느 순간 깨달았다.

그리고 방금 자신이 가까이에서 손을 댄 석상을 올려다보았다.

"응? 어라……?"

그 석상이. 그 키와 몸집이.

자신이 알고 있는 누군가와 굉장히 닮아 있다는 것을.

"……?"

하지만 거리가 너무 가깝고 각도도 나빠서 전체적인 모습은 잘 보이지 않았다.

그래서 자세히 관찰하려고 뒤로 조금 떨어져서 각도를 바꾸려 한 순간.

대애애애애애애애앵…….

갑자기 주위에 엄청나게 큰 종소리가 울려 퍼졌다.

그 불길한 소리를 들은 시스티나는 어느새 석상에 대한 흥미를 잃고 말았다.

대애애애앵…… 대애애애앵…… 대애애애앵…….

"뭐, 뭐지?"

『때가 된 거다.』

글렌이 무슨 일인가 싶어 주위를 경계하자, 아르 칸이 엄숙한 목소리로 말했다.

『【성배의 의식】이 시작될 거다. 그것으로 지상의 뿌리의 움직임이 폭발적으로 가속해…… 세계를 모조리 먹어 치울 터.』

"잠깐, 그럼 큰일 난 거잖아! 빨리 본론을 꺼내! 넌 우리한테 대체 뭘 원하는 거야!"

『목적은 이미 달성되었다.』

아르 칸은 손가락으로 어떤 곳을 가리켰다.

그곳에는 돌로 만들어진 기묘한 대좌가 있었다.

『저것이…… 이 몸의 「본체」다.』

"……뭐?!"

그 대좌에는 한 자루의 검이 꽂혀 있었다.

새카만 언월도.

도신에는 어떤 문자가 새겨져 있었다.

"뭐지? 저 검은."

『……올바른 칼날(아르 칸). 최후의 싸움에 가져가도록. 나머지는 운명의 인과가 네놈, 또는 저티스 로우판…… 둘 중 하나를 인도할 터. 마땅한 형태로, 마땅한 미래로.』

그 말을 마지막으로.

『……《밤하늘의 처녀》와의 계약은 지금 여기서 완료되었다. ……작별이다.』

아르 칸의 모습은 그대로 허공에 녹아드는 것처럼 사라지고 말았다.

마치 그의 존재가 꿈이나 환상이었던 것처럼.

"……대체 저 녀석은 진짜 뭐였던 거지?"

『이 검에 깃든 누군가의 의지를 구현한 것…… 혹은 부상신(付喪神) 같은 존재였던 것 같네. 나도 놀랐어.』

그렇게 말한 남루스는 뒤에 남겨진 도검으로 날아가서 손을 댔다.

『이건…… 역시 마왕이 되기 전 타카스 쿠로가 예전 세계에서 썼던 검이네. 쿠로가 이걸 대체 어디서 손에 넣은 건지는 들은 바가 없지만.』

"아, 그러고 보니…… 본 기억이 있어."

글렌은 조금 전까지 강제로 보게 된 악몽의 기억을 떠올렸다.

이건 틀림없이 타카스 쿠로가 썼던 도검이었다.

"이, 이 검에 쓴 금속은…… 혹시 아다만타이트인가요?"

시스티나가 흥미진진한 눈으로 달려왔다.

"……그런 것 같아. 이 중요한 순간에 예상치 못한 선물……이었으면 좋겠지만."

글렌은 대뜸 대좌로 손을 내밀어 언월도를 뽑았다.

검은 딱히 걸리는 것 없이 간단히 뽑혔다.

그야 그럴 만도 했다.

"와, 쩌네……. 진짜 깜짝 놀랄 정도로 아무것도 없어!"

글렌은 경악하며 몸을 떨었다.

"뭔가 엄청난 마술이 담겨 있다거나, 초월적인 기적의 치트급 신비가 숨겨져 있다거나 같은 걸 기대했는데, 그런 게 전혀! 단 하나도 없어! 《아르 칸》은 무슨! 완전 이름만 번지르르한 검이구만! 이건 그냥 우주에서 제일 튼튼하고 오래가는 것밖에 장점이 없는 검이라고! 엄청 의미심장하게 등장한 주제에 이렇게까지 아무것도 없으니 오히려 웃음만 나와!"

"으, 으음. 그래도, 뭐…… 모처럼 손에 넣은 무기잖아요?"

"마, 맞아요. 아다만타이트 검이라는 것만으로도 여러모로 이용가치가…… 있을……지도요?"

루미아와 시스티나도 어색하게 웃었다.

"결국…… 《마황인장》에 관한 건 마지막까지 수수께끼였구만."

대애애애애앵…… 대애애애애앵…… 대애애애애앵…….

그러는 사이에도 종소리는 어딘가 높은 곳에서 계속 울려 퍼졌다.

마치 「난 여기 있으니 빨리 와 달라」는 것처럼.

"……글렌, 아마 저쪽. 내 감이지만."

리엘이 평소처럼 졸린 눈의 무표정으로 한 방향을 가리켰다.

하지만 그 표정은 굳어 있었다. 마지막 싸움이 가까워졌음을 본능적으로 깨달은 것이리라.

"……가자."

글렌은 앞장서서 걸음을 옮겼다.

————.

글렌은 멜갈리우스의 천공성 안쪽을 나아갔다.

거대한 성문을 지나, 중정과 다리를 통해 해자를 넘어 현관으로.

첨탑을 지나고, 예배당을 지나고, 거주구를 가로지르고, 회랑을 지나고, 나선계단을 오르며 계속 나아갔다.

성 내부에 존재하는 몇 개의 구역을 통과했다.

대애애애애앵…… 대애애애애앵…… 대애애애앵…….

마치 서서히 커져 가는 종소리에 이끌리는 것처럼 위로 또 위로.

불가사의하게도 상층부에 도착하자 어느새 벽과 천장이 사라져 있었다.

성 내부가 기묘한 문양이 새겨진 회랑과 바닥과 계단뿐인 수수께끼의 공간으로 변했고, 벽이 가리고 있었던 건너편에는 무한한 우주공간이 펼쳐진, 그런 신비한 풍경으로 변해 있었다.

그런 성 안을 지나가던 어느 순간, 글렌은 깨달았다.

이 천공성의 구조가 생명의 나무(세피로트) — 이 세계의 영시적인 구조도, 이 세계의 진정한 모습 — 를 모방한 것임을.

요컨대, 이 성의 내부와 외부에서는 영적 위상이 제각기 다른 세계가 만들어져 있는 것이다.

가장 물질계와 가까운 아래쪽부터 순서대로 말하자면.

왕국(말쿠트)의 방　제1영시 세계.
기초(예소드)의 방　제2영시 세계.
영광(호드)의 방　제3영시 세계.
승리(네차흐)의 방　제4영시 세계.
미(티페레트)의 방　제5영시 세계.
자비(헤세드)의 방　제6영시 세계.
준엄(게부라)의 방　제7영시 세계.
이해(비나)의 방　제8영시 세계.
지혜(호크마)의 방　제9영시 세계.
왕관(케테르)의 방　제10영시 세계.

의사(擬似)적으로 이런 경로들을 통과하고 스스로를 영적으로 승화시켜 유출계(아칠루트)— 즉, 「하늘」에 도달하는 것. 그 경로야말로 길 잃은 영혼의 아득히 긴 여로일 터.

케테르의 영역이야말로 왕의 증거. 아르스 마그나 그 자체다.

그리고 그 「하늘」에서 떠받드는 케테르에 숨겨진 지고의 영적 세계인 지식(다아트)과의 사이에는 인간이 절대로 넘을 수 없는 심연(어비스)이 존재했다.

그 다아트의 영역에 도달하기 위한 어비스의 문이 바로 《문의 신》.

그리고 그 지고의 영역인 다아트가 바로, 금기교전(아카식 레코드).

"그렇군. ……**하늘의 지혜 연구회**라. 이렇게 알고 나서 보면 제법 센스 있는 명칭이었어."

글렌은 막연히 그런 말을 중얼거리며 길을 나아갔다.

마지막 무대를 향해서.

그리고…….

———.

그곳은 인간이라는 존재의 영적인 도달점. 궁극. 맨 끝이었다.

고위차원 영적관점의 최심부이자 정점. 케테르.

글렌 일행은 어느새 거대한 우주의 바다 한복판에 서 있었다.

아름다운 장소였다. 신비로운 장소였다.

시야 360도 전체가 별의 반짝임으로 이루어진 수평선.

수많은 별의 빛과 반짝임이 이 무한한 바다를 형성하고 있는 장소.

별들이 자아내는 바람이, 잔물결이 영혼을 부드럽게 어루만져 준다.

왠지 모르게 그리운 느낌이 드는 건 이 광경이 모든 인간이 지닌 영혼의 원초에 기인하는 것이기 때문이리라.

그런 세상의 중심에는 한 그루의 나무가 솟아 있었다. 별들의 빛과 반짝임으로 이루어지고 형상이 구분되는 나무였다.

"……."

그 나무의 줄기에 마리아 루텔이 있었다.

상반신은 알몸, 하반신과 양팔이 나무줄기와 동화된 상태로 조용히 눈을 감은 채 잠들어 있었다.

"서, 선생님…… 마리아가!"

"……그래. 즉, 저게 제단이라는 거군. 이 마지막 【성배의 의식】을 위해 여기로 옮겨 둔 거겠지."

글렌은 숨을 한 차례 내쉬고 앞머리를 쓸어 올리며 전방을 주시했다.

"……마왕 자식이 이런 식으로 나올 걸 「읽고」 있었던 거지? 안 그래?"

그렇게 바라본 나무 밑에서는.

“어서 와.”

뿌리 위에 느긋한 자세로 앉은 숙적(저티스)이 그들을 기다리고 있었다.

제5장 절대 정의

—이건 좀 다른 이야기인데.

너희들은…… 진정한 사악이라는 걸 마주한 적 있어?

과장 없는 순도 백 퍼센트의 악이라는 걸 마주한 적 있어?

심연 밑바닥처럼 검게 응축된 궁극의 악이라는 걸 본 적 있어?

난 있어.

그 바닥이 보이지 않는 절대적으로 절망적인 악을.

눈을 감으면 마치 어제 일처럼 떠올라.

그건 저 아득히 높은 하늘 위에서 내려왔어.

그것으로 내 세계와 상식은 끝을 고했지.

그건 분명 인간의 모습을 하고 있기는 했어. 언뜻 보기엔 가련하고 귀여운 소녀였지.

하지만 이형의 촉수, 이형의 갈고리발톱, 혼돈이 휘몰아치는 얼굴 없는 머리는 그 진정한 모습을 마주한 자가 절대로 알아볼 수 없게 하고 있었어.

그런 사악한 존재가…… 내가 살고 있던 세계를 한순간에 무너뜨렸어.

진정한 공포와 절망이 나의 세계를 철저하게 유린해 버린 거야.

양친을 살해하고, 여동생을 살해하고, 이웃을 살해하고, 우리나라 사람들을 몰살하고, 전 세계의 인간들을 모조리 죽여 버렸지.

내가 그 세계의 마지막 한 명이 될 때까지 살아남은 건…… 그냥 운이었어.

정말 그냥 운이 좋아서였던 거야.

지금 돌이켜 보면 아마 당시에 이미 난 내 오리지널의 일부가 현현된 상태였던 걸지도?

그걸 감안해도 십수 억 명이나 존재했던 세계에서 내가 마지막까지 살아남은 건 기적이었고, 그저 운이 좋았다고밖에 할 말이 없네.

하지만 그런 행운아인 나에게도 마침내 최후의 순간이 찾아왔어.

그 사악한 존재, 《무구한 어둠》이 나를 죽음과 절망으로 집어삼키려 했지.

하지만 그때 난 보게 된 거야.

—절대적인 「정의」를.

내 눈앞에서, 하늘에서 내려온 **그 인물은** 이 세계가 처한 상태를 보고 슬픔에 탄식하더니 이윽고 격렬한 분노를 드러내며 진정한 사악과 싸우기 시작했어.

처절했어. 마치 천지가 개벽하는 순간을 보는 것만 같았지.

그림책이나 희곡이나 소설이나 신화에서나 나올 법한 그 광경은.

강대하기 짝이 없는 공포와 절망에 의연히 맞서는 그 사람의 모습은.

가족을 잃은 슬픔도 잊게 하고.

이웃을 잃은 슬픔도 잊게 하고.

친구를 잃은 슬픔도 잊게 하고.

나라를, 세상을 잃은 슬픔조차 잊게 하고.

나 자신을 잃게 된 것조차 잊게 해주었어.

그저 아름다웠던 그 신화 같은 싸움이 내 마음을 사로잡았어.

구역질이 치밀 정도로 역겨운, 심해 밑바닥처럼 어두운 혼돈의 절망 앞에서 단 한 걸음도 물러서지 않고 싸우는 그 사람의 뒷모습은 눈물이 날 정도로 아름다웠어.

넌 대체 누구야?

싸우는 도중 내가 던진 질문에 그 사람은 대답했어.

—「정의의 마법사」.

그래. 저것이, 저것이야말로 정의.

불합리함에 항거하는 인간의 긍지이자 희망.

과장 없는 순도 백 퍼센트의 사악한 존재가 있다면.

그 맞은편에 위치하는 절대적인 정의도 존재한다는 사실을, 난 그때 알게 되었어.

…….

…….

……결과부터 말하자면.

안타깝게도 그 「정의의 마법사」는…… 졌어.

그 진정한 사악은 마치 이 세상 자체에 흥미를 잃은 것처럼 산산이 파괴하기 시작했어.

「정의의 마법사」는 어떻게든 그걸 막으려 했지만, 무리였어.

무너지고 갈라지고 부서지는 세계에 말려든 난 그대로 어딘가로 떠내려갔어.

정의의 마법사가 뭔가 소리치며 나에게 손을 내밀었지만, 닿지 않았어.

난 그렇게 차원의 틈새에 추락하고 말았지.

하지만 절망적인 거악에 맞선 그 존귀함과 아름다움만은

내 영혼에 새겨져 있었어.

자신의 모든 것이 무너진 불안보다.

모든 것을 잃은 슬픔보다.

세상이 파괴된 절망보다.

너무나도 강대한 사악에 대한 공포보다.

그 존귀함과 아름다움만이, 선명하고 강렬하게 내 영혼을, 존재를 고정한 거야.

그랬더니 자연스럽게 이런 생각이 들더라.

언젠가 저 등을 따라잡자.

언젠가 저 등을 뛰어넘어 저 사악한 존재를 쓰러뜨리자.

언젠가 저 「정의의 마법사」조차 이루지 못했던 정의를 내가 이루자.

너무나도 바보 같고 유치한 발상이었지만, 당시의 난 자연스럽게 처음부터 그것이 내 운명이자 내가 해야 할 일이라는 걸 확신했어.

해내야만 해. 설령 내가 나 자신이 아니게 되더라도.

십수 억 명의 인간 중에서 나만이 살아남은 건 분명 그 때문일 테니까.

그렇게 되기 위해, 그렇게 살기 위해 이 끝나버린 세계에서 유일하게 선택받은 것일 테니까.

그러니 난 정의를 증명해야만 해. 절대적인 정의를.

내 길고 긴 영혼의 여행길은 그렇게 시작됐던 거야…….

──────.

──────.

──────.

──────.

"……절대적인 정의는 존재해, 글렌."

저티스는 글렌을 향해 그리 말했다.

"그걸 위해선 모든 것을 불태우더라도, 아니 불태워야만 하는 정점의 정의는 틀림없이 존재해. 아니, 존재해야만 해. ……존재할 수밖에 없어. 이 세계는 그럴 수밖에 없는 「용서받을 수 없는 것」이 확실히 존재하니까."

전투태세를 취한 글렌 일행 앞에서 저티스는 왠지 열기를 띤 듯한 표정과 평온한 어조로 요설을 늘어놓았다.

"그리고 나에겐 자격이 있어. 그 절대적인 정의를 집행할 자격이. 내가 이렇게 지금 여기에 살아 있는 게…… 그 증거야."

"잠꼬대는 집어치워, 짜샤."

하지만 글렌의 대답은 매우 냉담했다.

"절대적인 정의라고? 상식적으로 그딴 게 있을 리 없잖아?"

"그렇게 생각하는 건 네가 상식에 사로잡혀 있기 때문이야. 알고는 있어도 이해하지 못했기 때문이지. ……이 세계에는 그런 상식을 근간부터 무너트리는 궁극의 악이 존재한다는 사실을. 그리고 실제로 그런 절대적인 악이 존재한다면, 절대적인 정의도 존재해야만 해. 이 세계의 삼라만상은 항상 한 쌍. 예를 들어, 빛과 어둠. 음과 양. 창조와 파괴. 남자와 여자. 삶과 죽음. 천국과 지옥. 이건 교과서 수준의 기본적인 마술 이론이자 세계의 근간 법칙이니까 말이야."

"……."

"……이런 말을 하는 나도 뭐, 처음에는 전혀 몰랐어. 너와 함께 뛰었던 군 시절 당시의 난 절대적인 정의를 목표로 악당만 보면 물어뜯는 미친개였지. 그리고 널 라이벌로 여겼어. 지금 생각해 보면 나도 아직 미숙해서였겠지만, 참 부끄럽네."

"……."

"하지만 난 『봉인지』에서 모든 걸 알게 되었어. 아마 너도 경험했겠지? ……《대도사》가 보여준 신비적인 체험으로."

"……너……."

"현자가 되기 위한 첫걸음은 먼저 자신이 얼마나 무지하고 어리석은지를 인식하는 것부터 시작돼. 나한테는 그게 바로 『봉인지』에서의 체험이었어. 그리고 난 일찍이 내가 목격했던 악과 정의가 무엇인지…… 그 정체를 알게 되고, 이 세계의 진정한 모습을 알게 되었어. 알게 된 이상 그 자리에 멈춰 설 수는 없었지. 작은 것부터 한 걸음씩, 한 걸음씩 쌓아 올려야 했어. 모든 일은 그 사소한 한 걸음부터 시작되는 거니까. 가까운 곳에 숨어 있는 악을 한 마리씩 짓뭉개가면서 내 정의와 위계를 올려야만 했어. 정의란 악을 타도하는 것으로만 성장하는 거니까. 이 사악한 나라를 멸망시키고, 왕가의 핏줄을 끊어버리고, 하늘의 지혜 연구회를 무너뜨려서 대도사 정도는 간단히 뛰어넘지 않으면 내 목표에는 도저히 닿을 수 없을 테니까 말이야. ……그리고 난 그 모든 것을 상대로 전부 이겼어."

그렇게 말한 저티스는 숙적을 보는 듯한, 혹은 멀리서 동경하는 존재를 우러러보는 듯한 복잡한 눈빛으로 글렌을 응시했다.

"남은 건 너야, 글렌. 전에도 말했다시피…… 널 이기지 못하면, 널 뛰어넘지 못하면 내 정의는 언제까지고 시작되지 않아. 정말로 남은 건…… 너뿐이라고, 글렌."

"아~ 그러니까 진짜 이해를 못 하겠다고!"

글렌은 짜증스럽게 외쳤다.

"너한테도 나름 목표라는 게 있다는 건 알겠어! 눈곱만큼도 이해 못 하겠고, 공감할 수도 없고, 할 생각도 없지만 말이지! 그래, 결국 너와 난 끝까지 평행선에 불구대천의 적수라 이젠 한쪽이 죽을 때까지 싸울 수밖에 없겠지! 그런데 말이다…… 왜 나야! 네 정의의 시금석이 왜 하필 나인 거냐고!"

"그건…… 솔직히 말하면 나도 잘 몰랐어."

저티스는 어깨를 으쓱이며 태연하게 그런 말을 했다.

"내 정의는 이 세상에서 가장 높은 장소에 있을 텐데…… 왜 길가에 굴러다니는 돌멩이처럼 보잘것없는 네가 늘 마음에 걸렸는지. 덕분에 군 시절엔 자주 충돌했었잖아? 하하하, 그리운걸. 뭐, 당시엔 성격이 안 맞거나, 그냥 존재 자체가 마음에 안 들거나, 근본적인 가치관이 달라서 그런 줄 알았는데…… 그 신비체험을 통해 이 세계의 올바른 모습을 아는 과정에서 마침내 그 이유를 이해했어. 그리고 그건 시간의 가장 끝에 있는 대도서관에서 5억 년간 단련하는 과정에서 절대적인 확신이 되었지. 그래…… 역시 네가! 너야말로! 내가 경애해야 하는, 그리고 반드시 쓰러뜨려야 할, 뛰어넘어야만 하는 영원한 호적수이자 벽이라는 사실이!"

"그 러 니 까! 계속 같은 말 좀 하게 하지 마! 그게 대체 무슨 이유로……."

"설명해 봤자 넌 이해 못 할 거야. ……**지금의 넌.**"

저티스는 의미심장하게 웃었다.

"하지만 곧 너도 모든 걸 이해하게 될지도 모르고, 혹은 이해할 수 없을지도 몰라. ……운명의 행방은 아직 너와 내 손 안에 있는 셈이지."

"……후우~."

글렌은 성대한 한숨을 내쉬었다. 그럴 수밖에 없었다.

결국 그는 저티스를 조금도 이해할 수 없었다.

절대로 양립할 수 없는 사이이긴 해도 그나마 이해할 수 있는 부분을 찾아보려 했지만, 전부 소용없었다.

이래저래 꽤 오래 알고 지낸 사이임에도 말이다.

어쩌다 보니 둘 사이의 악연은 우여곡절 끝에 이 세계의 운명을 건 싸움으로까지 발전하고 말았다.

그렇다면 하다못해 최후의 결전을 시작하기 전에 잠깐 말이라도 한두 마디 나눠 보려고, 상대를 조금이라도 이해해 보려고 대화를 시도해 봤지만, 아무래도 시간 낭비였던 모양이다.

"……선생님. 더 말씀하셔 봤자 소용없어요."

옆에서 시스티나가 경고했다.

"그냥 심플하게 가죠. 저티스는 세계를 적대하는 적. 그리고…… 선생님의 소중한 분이었던 세라 씨의 원수인 걸로 충분하잖아요."

"……「그대, 바라는 것이 있다면 타인의 소망을 화로에 지펴라」. ……선생님, 저희는 마술사예요. 마술사라면 마술사의 방식으로 싸울 수밖에요. ……마지막까지."

루미아도 각오를 다진 듯 고개를 끄덕였다.

"응. 난…… 싸울 거야. 저티스는 적. 글렌의, 모두의 적. 모두를 지키기 위해 싸우겠어. 싸울 이유는…… 그걸로 충분해."

리엘도 대검을 깊고 낮게 들었다.

"그거면 됐어."

하지만 그런 그녀들을 본 저티스는 만족스럽게 웃었다.

"글렌. 지금 네 곁에 모인 소녀들…… 그녀들은 네가 오랜 갈등과 투쟁 끝에 얻은 힘이야. 네 마술사로서의 무기야. 그러니 개의치 말고, 사양하지 말고 마음껏 써봐. 그런 널 쓰러뜨려야 내 승리에 더 가치가 있을 테니까."

"닥쳐! 이 녀석들이 무슨 무기라도 되는 것처럼 지껄이지 마!"

"아, 실언이었군. 실례. 그래도 뭐, 이제 대화는 필요 없겠지. 남은 건 만족할 때까지 서로의 정의를 관철하는 것뿐……."

"……가자! 시스티나! 루미아! 리엘!"

그 말을 신호로 글렌 일행이 먼저 움직였다.

"《아르스 마그나》! 발동할게요!"

루미아가 손을 들어 올리자 눈부신 빛이 그들을 감쌌다.

그리고 마력이 극한까지 강화된 글렌과 시스티나는 동시에 주문을 영창했다.

"《시간의 가장 끝에서 떠난 나…….》"

"《나를 따르라·구풍의 백성이여…….》"

"《……통곡과 소란의 마천루·시간에 이르는 큰 강은 제9의 흑염 지옥에 다다르고·그 영혼을 먹어 치우는 흑마는 스스로의 죽음을 고한다·나, 육천세계의 혁명자를 자칭하는 자이기에》!"

“《……나는 바람을 다스리는 여왕일지니》!”

“시천신비(時天神秘) 【OVER CHRONO ACCEL】!”
“풍천신비(風天神秘) 【CLOAK OF WIND】!”

시스티나가 들어 올린 양손에서 녹색으로 빛나는 바람이 폭발적으로 퍼져 나갔다.

세상 끝까지 닿을 듯한 기세로 확산되었다.

“우오오오오오오오오오오오오오오오오오오오오오오오!”

그리고 글렌이 들어 올린 왼손을 중심으로 세계가 변혁을 이루기 시작했다.

거대한 기계 같은 마술법진이 고유 한정 결계가 되어 이 세계의 법칙을 지배하고 덧칠한다.

이겼다.

원래대로라면 이걸로 승리는 확정.

글렌의 【OVER CHRONO ACCEL】이 깔린 시점에서 승패는 정해졌다.

이 자리의 모든 시간을 자유자재로 지배하는 그 앞에서 저티스는 아무것도 할 수 없다. **할 시간이 없었다.**

그러나 상대는 그 저티스였다.

“역시 글렌…… 놀라운 신비야. 거기 아가씨들도 훌륭해. 내가 뛰어넘어야 할 숙적이 너희들이라 정말…… 다행이야!

이번에야말로 내 5억 년의 성과를 보여 주지!”

여유를 잃기는커녕 이 순간만을 기다려 왔다는 듯 환희하며 주문을 영창했다.

“《나는 내 정의로 운명을 뛰어넘은 자·모든 섭리를·모든 힘을·내 물러서지 않는 불변의 의지와 결의로써·굴복시키는 자》.”

그 순간, 그의 몸에서 어마어마한 마력이 솟구치며 뒤에 거대한 여신의 모습이 현현했다.

“인공정령(툴파)?! 아니, 뭔가 다른데…… 제길, 어째서?!”

글렌은 【OVER CHRONO ACCEL】을 제어하며 외쳤다.

“이곳의 시간은 이미 내가 전부 지배하고 있다고! 네가 뭔가를 할 시간은 이제 영원히 사라졌을 텐데……!”

그의 시간 지배 법칙을 아무렇지 않게 **무시**해 버린 듯한 너무나도 자유로운 마술 행사에 글렌이 식은땀을 흘린 순간.

“……정의【ABSOLUTE JUSTICE】.”

저티스의 마술이 완성되었다.

시공간을 뒤흔드는 충격과 함께 끔찍할 정도로 불길하고 신성한 여신의 우상이 일행 앞에 완전히 현현한 것이다.

"뭐, 뭐야 이건……."

글렌 일행은 마치 거인처럼 저티스의 뒤에 높이 서 있는 이형의 여신을 올려다보았다.

"공평하지 않으니 설명하지! 내가 도달한 이 「하늘」은 너희들의 「하늘」처럼 고상한 신비가 아니야. 그저 우직하게 내 정의와 의지를 관철하기 위한 신비. 나 스스로가 정의로운 행동이라고 믿는 한, 난 모든 율법(룰)을 받아들이지 않고, 모든 룰을 무너트리고, 모든 룰을 비틀어서 파괴할 수 있어! 그리고 내 정의를 관철하기 위한 룰을 창조할 수 있지! 그것뿐이야!"

그 말을 들은 순간, 글렌 일행은 어이가 없을 수밖에 없었다.

저 말이 진실이라면. 즉.

"뭐가~ **그것뿐**이라는 거야……. 다시 말해, 그건 「본인에게만 유리한 룰」을 주위에 일방적으로 강요할 수 있다는 뜻이잖아! 그게 말이 돼?!"

시천신비와 공천신비도 근본적으로는 이 세계에 존재하는 섭리와 법칙을 따라 힘을 발휘하는 마술이다.

아무리 굉장한 힘을 발휘하는 신비도 벗어날 수 없는 룰이 있다.

궁극의 마술이라고는 하지만, 그런 부분에선 과학적이었다.

신과 같은 힘이지만, 제대로 룰을 준수하고 있는 것이다.

그러나 저티스의 【ABSOLUTE JUSTICE】는 그 근본적인 룰을 무시하고 파괴할 뿐만 아니라, 마음대로 창조할 수도 있었다. 효과가 적용되는 범위 안에서는 신조차 초월하는 힘인 것이다.

다시 말해 이것은 세계 법칙의 지배와 창조.

예를 들면 이 마술의 영향을 받고 있는 동안 저티스는 사실상 불멸이자 불사다.

「저티스의 죽음은 룰 위반」이라는 식으로 적용될 테니까.

그리고 저티스에 대한 모든 공격과 능력은 그가 관철하는 정의의 이름하에 무시되고, 그의 모든 공격과 능력은 필중이자 필살이자 필멸의 칼날이 될 터.

왜냐하면— 그냥 그게 룰이니까.

"하하하, 물론 약점은 있어. 너희가 생각하는 것만큼 무적의 마술은 아니야. 어떤 마술도 만능은 아니니까 말이지."

저티스는 아쉬운 듯 어깨를 으쓱였다.

"이 마술의 힘이 미치는 건 어디까지나 「나와 이 마술의 사정거리 안」. 그리고 「내가 백 퍼센트 틀림없는 정의라고 믿는 행위」로 한정돼."

"개소리도 정도껏 해! 이 거짓말쟁이 자식아!"

전자는 그렇다 쳐도 후자가 치명적이었다.

요컨대, 무적이다. 적어도 술자가 저티스인 한은.

그가 저티스인 이상 약점은 약점이 될 수 없다.

만약 다른 사람이 저 마술을 썼다면 그건 절대로 글렌과 시스티나의 「하늘」에는 미치지 못할 것이다. 자기 자신을 백퍼센트 진심으로 믿을 수 있는 인간이 있을 리 없으니까.

하지만 수억 년의 세월조차 여유 있게 견뎌낸 무적 멘탈의 저티스가 그 마술을 쓴다면 사정이 달랐다.

마술은 술자의 심상을 비추는 거울이라는 격언을 그대로 체현한 듯한 신비.

저티스만의 궁극이자 최강의 「하늘」이었다.

"자, 어쩔 거지? 글렌! 내 정의 앞에서 넌 어쩔 생각이지?"

"서, 선생님! 이건……."

"……이, 이길 수 있을까요?"

시스티나와 루미아가 불안한 눈으로 글렌을 쳐다보았다.

그야 당연했다. 그 역시 대충 듣기만 했는데도 절망감밖에 들지 않았으니까.

"……그야 해 보는 수밖에 없겠지!"

하지만 비장하게 각오를 다진 글렌은 권총을 빼들며 마력을 끌어올렸다.

"평소처럼 임기응변으로 간다! 전투 중에 활로를 찾는 수밖에! ……그리고 이제 와서 이런 말을 하긴 좀 그렇다만, 사실 방법이 있거든!"

"……!"

시스티나와 루미아와 리엘의 시선이 글렌에게 모였다.

"그 녀석이, 세리카가 나에게 남겨준 비장의 패야. 뭐, 원래는 마왕과의 싸움을 대비했던 마술이겠지만, 고맙게 써 보자고."

"아르포네아 교수님의 마술이요?"

"그거라면 확실히 저 사람한테도 통할지도……."

예상치 못한 활로에 희망을 느낀 그녀들에게 글렌은 진지한 얼굴로 고개를 끄덕였다.

"다만, 두 번은 없어. 그리고 확실하게 끝내려면…… 너희들한테 꽤 부담이 갈지도 몰라. ……날 믿어줄 수 있겠어?"

"예!"

"물론이죠!"

"응!"

강하게 고개를 끄덕인 소녀들은 글렌을 중심으로 진형을 짰다.

상대와의 엄청난 격차를 깨달았음에도 전의가 흔들리지 않는 그들의 모습에 저티스는 양팔을 펼치고 진심으로 환희했다.

"그래! 그거면 돼! 너라면! 너희들이라면! 그렇게 나와야지!"

"우오오오오오오오오오오오오오오오오오오오오!"

그 말을 무시해 버린 글렌은 빛의 바람을 타고 저티스를 향해 돌격했다.

"이거나 먹어라!"

그리고 그대로 마총【퀸 킬러】를 뽑자마자 발사했다.

총구에서 방출된 구형 탄두가 마치 초신성처럼 어마어마한 마력을 내뿜으며 이미지한 궤도의 궤적을 그리며 유성처럼 쇄도했다.

탄환이 강렬한 빛을 터트리며 몇 번이고 저티스의 몸에 명중했다.

"하하하하하하하하! 아하하하하하하하하하하하하하하하!"

이 세상 끝까지 닿을 듯한 폭음과 세차게 명멸하는 시야 속에서 저티스의 웃음소리가 울려 퍼졌다.

"크…… 하아아아아아아아아아아아앗!"

시스티나가 차원도 벨 수 있는 빛나는 바람 칼날을 대량으로 퍼부었다.

"선생님……!"

루미아가 황금 열쇠를 들고 저티스 주위의 공간을 뒤틀었다.

"이이이이이야아아아아아아아아아아아아아아아아압!"

리엘이 대검을 휘둘러 은색의 검광【데이브레이크 링크】를 날렸다.

결과는 전부 명중.

저티스를 백 번 이상 죽이고도 남을 무시무시한 공세였다.

“하하하하하하하하하하하하하하하하하하하하하하하!”

하지만 저티스의 웃음은 멈추지 않았다.

멈출 수 없었다. 모든 피해를 그가 관철하는 정의의 이름하에 「무시」한 것이다.

이렇게 멜갈리우스의 천공성 최고층에서 저티스와의 마지막 싸움이 막을 올렸다.

―――――.

그곳은 악몽 같은 전장이었다.

시야 전체가 부정형 괴물, 괴물, 괴물 무리, 괴물들뿐.

그것들이 모든 걸 먹어 치우고 집어삼키려고 해일처럼 몰려들고 있었다.

『흐레스벨그 기공병 제3대, 20-14전역! 세 시 방향에서 종렬로 폭격 투하 개시!』

이브의 명령이 하늘을 나는 흐레스벨그에 기승한 항공 마도병 편대로 날아들었다.

『라져! 이그니스1, 공격 개시!』

『이그니스2, 공격 개시!』

『이그니스3, 공격 개시!』

항공 마도병들이 급강하에 이어 저공으로 비행하며 지면에서 꿈틀거리는 부정형 괴물 「뿌리털」들을 향해 광범위 제압형 폭염주문을 연속으로 날리자, 전장 일부에 불기둥이 솟구쳤다.

『지금이야! 제국 의식 마도병 제4분대, 전술 의식마술 코드 γ(감마)! 기동 개시!』

그런 이브의 지시에 후방 대기 중이던 의식 마도병들이 미리 구축한 거대 마술법진 안에 서서 일제히 주문(스펠링) 영창을 하며 준비해 둔 의식을 기동했다.

다음 순간, 초고열의 홍염이 무지막지한 폭발음을 터트리며 지평선을 훑었고 대지와 하늘이 새빨갛게 물들었다.

흑마의【레드 크림슨 퍼거토리】. 세계 최강의 마도 군사대국인 알자노 제국이 자랑하는 전술 A급 군용마술이었다.

원래대로라면 도시 하나를 모조리 태워 버리고도 남는 절대적인 화력의 마술이었지만, 거의 바다를 이룬 저 괴물들의 물량 앞에서는 성냥불이나 다름없었다.

그 밖에도 레자리아 왕국 소속 신성 천마 기사단의 낙뢰 공격이.

갈츠 국군 소속 마도 비공정대의 융단 폭격이.

하라사 국군에서 소환한 불꽃 거인이.

일륜 국군이 연 황천의 문이.

해일처럼 밀려오는 뿌리털들을 날려 버리고, 쓸어버리고, 태워 버리고, 집어삼켜 버렸다.

그 여파로 하늘과 땅이 뒤흔들릴 정도였다.

하지만 그런 전략·전술급 공격을 무차별적으로 받았음에도 「뿌리털」들의 진격은 멈추지 않았다. 전진, 전진, 또 전진했다.

이윽고 원거리 공격이 종료되자 각 전장은 괴물과 백병전에 돌입하기 시작했다.

바로 코앞까지 다가온 보기에도 역겨운 이형들의 모습에는 제아무리 역전의 제국군도 동요를 감출 수 없었다.

『크아아아아아아아아아아아아아아아아아아아!』

그러나 곧 땅을 울리는 짐승 같은 포효성이 전장을 뒤흔들었다.

제국군 선두에 선 소녀, 르 실바였다.

그녀가 절대영도의 브레스를 뿜어 전장을 휩쓴 것이다.

단숨에 지평선 끝까지 도달한 그 브레스에는 인지를 초월한 무시무시한 냉기가 담겨 있었다.

공기가 얼면서 휘몰아치는 다이아몬드 더스트, 백시현상을 일으키는 전장, 난무하는 고드름.

이것은 이미 개인의 공격이라는 차원을 넘어선 천재지변급 재해였다.

그리고 곧 하얗게 변했던 시야가 개이자, 눈앞에는 차갑게 얼어붙은 괴물들이 가득했다.

"이야아아아아아아아아아앗!"

공중으로 도약한 르 실바가 그 가녀린 팔로 얼어붙은 괴물들을 후려치자, 어마어마한 충격파가 대지를 가르고 지평선 너머까지 퍼져 나가며 그 위에 있던 괴물들을 가루로 만들어버렸다.

하지만 괴물의 물량은 무한했다.

부서진 동포의 시체를 밟으며 제2파가 접근하기 시작했다.

"걱정하지 마! 제국 여러분! 내가 붙어 있으니까!"

하지만 언뜻 가련한 소녀로밖에 보이지 않는 르 실바는 뒤에 있는 제국군을 돌아보며 웃었다. 참으로 듬직한 미소였다.

"그렇군요. 저것이 에인션트 드래곤…… 단독으로도 전술급 의식마술에 필적하는 수준이라니, 선배도 참 어마어마한 분을 패밀리어로 삼으셨네요."

"그리고 지금 저 하늘 위에선 저런 녀석조차 어설프게 끼어들 수 없는 차원의 싸움이 시작되고 있겠구만."

르 실바의 전투를 지켜본 크리스토프와 버나드가 그런 대화를 나누는 사이에, 르 실바가 놓친 「뿌리털」들이 이쪽으로 접근했다.

동시에 다른 전장에서도 마침내 적과의 격돌이 시작되었다.

———.

"이런 젠장! 잡아도 잡아도 끝이 없구만!

버나드의 전신에서 강사가 주위로 전개되었다.

수많은 강사가 파공성을 울리며 사방으로 날아가 궤도상에 존재하는 열몇 마리의 「뿌리털」을 산산조각으로 양단했다.

곧 괴물들의 시체가 불에 타 재로 변했다. 강사에 미리 염열마술을 인챈트해 둔 상태였기 때문이다.

""""843q이오j가mw, dsvm후오k마g켄루g카m~!""""

한순간 공간이 생겼지만, 그곳으로 즉시 대량의 「뿌리털」이 몰려들었다.

"에잇, 젠장!"

"버나드 씨, 물러나주세요! 전선을 약간 밀어 올리겠습니다!"

그 순간, 주변일대에 공격형 결계의 전개를 마친 크리스토프가 외쳤다.

그리고 바로 지면에 손을 대고 주문을 영창했다.

“《고속 결계(이미드 로드) 전개·홍옥 법진(루비 서클)·오중주(퀸텟)》!”

퍼엉!

빠르게 전방으로 광역 전개된 불꽃 결계가 초고열 불꽃을 일으켜 범위 안에 있는 「뿌리털」들을 지면을 타고 모조리 태워버렸다.

““““j기레g q이오j가mw,d s v m후이에t지요g m로g카m~!””””

하지만 「뿌리털」들은 계속해서 끝도 없이 들이닥쳤다.

“뭐, 그야 그렇겠지. ……아무튼 이놈들은 지평선 끝까지 보이고 있으니.”

제국군 전방에서 르 실바가 날뛰고 있지만, 혼자서 막을 수 있는 양에는 당연히 한계가 있었다.

제국군은 그렇게 전선을 돌파한 「뿌리털」들을 전력을 다해 막아야 했다.

그래도 이쪽은 르 실바가 있으니 그나마 나은 편이었다.

다른 전장은 피로 피를 씻고 영혼이 갈려 나가는 듯한 전투가 현재진행형으로 벌어지고 있는 처참한 상황이었다.

“버나드 씨, 크리스토프 선배! 일단 물러나 주세요!”

그러자 마침 이쪽으로 달려온 엘자가 빠르게 발도했다.

고작 한 호흡 사이에 펼쳐진 수십 번의 참격이 「뿌리털」들을 산산조각 냈다.

“““《홍련의 사자여·분노에 몸을 맡기고·사납게 울부짖어라》!”””

이어서 대열 편성을 마친 제국군의 마도병들도 염열계열 어설트 스펠을 날려서 폭염과 폭압으로 이루어진 화망을 형성, 전진하는 「뿌리털」들을 필사적으로 밀어냈다.

그리고 그 화망을 돌파한 소수의 「뿌리털」들은 《오니(鬼)의 팔》을 쓴 크로우와 그의 부하 베어가 맡아서 처리했다.

“계속해! 사격을 멈추지 마! 놓친 놈들은 나와 베어가 맡을 테니까!”

“이거 원, 선배를 보조하는 건 여전히 힘들군요.”

한숨을 내쉰 베어는 멧돼지처럼 돌격하는 크로우를 어설트 스펠이나 보조마술로 지원하며 투덜거렸다.

“뭐, 우린 너무 무리해서 싸울 필요는 없다.”

그러자 버나드가 강사와 머스킷으로 주위를 정리하며 다가왔다.

“……예, 그렇겠죠. 저희는 요컨대 「방파제」니까요.”

“주력은…….”

크리스토프와 엘자도 더 앞으로 나서려 한 순간, 후방의 높은 건조물 맨 꼭대기에서 발사된 거대한 푸른 전격이 사선상에 있는 「뿌리털」을 모조리 재로 만들며 저 멀리 있는 「제뿌리」에 큰 구멍을 뚫었다.

같은 시각.

"당신, 바보 아냐?!"

제국군이 담당한 전장의 후방에 있는 건물에서 소녀의 고함이 울려 퍼졌다.

루나다. 그녀의 비난이 향한 대상은 지금 눈앞에서 비틀거리며 한쪽 무릎을 꿇고 만 알베르트였다.

"출력을 좀 더 낮추라고 했잖아! 당신, 그런 페이스로 쏴댔다간 진짜 죽어!"

자세히 보니 알베르트는 마장(魔杖) 《블루 라이트닝》에 기댄 채 고개를 떨구고 숨을 헐떡이고 있었다.

붕대를 풀어서 드러난 【선리안(選理眼)(리얼라이저)】도 출력을 완전히 전개한 상태였다.

"……어쩔 수 없어. 접근할 수 없는 이상, 이 위치에서 「제뿌리」에 제대로 된 피해를 줄 수 있는 건 나밖에 없으니까."

호흡을 정리한 알베르트는 어떻게든 몸을 일으키려 했다.

"확실히 지금 몸 상태로 저 「제뿌리」를 내 「오른쪽 눈」으로 완전히 이해하는 건 무리군. 애초에 거리가 너무 멀어. 아무리 구멍을 뚫어도 빠르게 재생되긴 하지만, 피해를 입힐수록 이곳과 전 세계에 퍼진 「뿌리」의 움직임이 쇠약해지는 건 이미 증명됐을 터."

"그건 나도…… 알지만!"

"쿨록! 쿨럭!"

루나는 피를 토하는 알베르트를 보며 이를 악물었다.

"이브의 지휘가 없으면 우린 즉시 전멸이다. 그 녀석이 직접 나설 수는 없어. 하지만 일개 병사인 나라면 문제될 게 없지. 그러니 이건 내 역할이다. 비켜."

알베르트가 그렇게 말하며 일어선 순간, 갑자기 주위를 지키는 장병들이 동요하는 것이 느껴졌다.

"오, 온다! 괴물들이 온다고!"

역시 「제뿌리」에는 스스로 판단할 수 있는 자아와 의사소통 능력이 있었던 것일까.

대량의 「뿌리털」이 노골적으로 알베르트를 노리며 이쪽을 향해 달려오고 있었다.

르 실바는 이미 한계다.

제국군의 장병들은 저 압도적 물량 차를 어떻게든 막아보려고 진형을 다시 짜고 있었다.

"칫!"

"됐어! 당신은 쉬고 있기나 해! 어차피 무리할 거면 힘이라도 괜히 낭비하지 마!"

알베르트도 전선에 참가하려 하자, 루나가 앞을 막아서며 파웰과의 싸움에서 절반을 잃은 세 장의 날개를 위태롭게 펼쳤다.

"여긴 내가 막아줄게! 그러니 당신은 당신이 해야 할 일에 전념해! 죽고 싶은 게 아니라면!"

"……또 빚이 생겼군."

"내가 빚을 갚고 있는 거거든?! 진~짜 일일이 짜증나는 남자야, 당신은!"

거칠게 말을 내뱉은 루나는 날개를 펄럭이며 하늘로 날아올랐다.

—Ya, ALaLaLa, Lala……Ah, YaLaLa, Laha……♪

그리고 천사언어(엔젤릭 오라클) 마법【찬미가】를 부르기 시작했다.

그러자 노랫소리에 반응하듯 그녀의 몸 전체에서 법력이 빛처럼 퍼져 나갔고, 그 신성한 천사의 모습을 목격한 주위의 제국군 장교들이 넋을 잃은 채 감탄했다.

'흥. 오늘은…… 이 노래를 멈출 생각이 없다구!'

다음 순간, 루나는 강대한 힘이 응축된 법력검(포스 세이버)을 세워 들고 급강하해 아래쪽에서 밀려오는「뿌리털」무리를 향해 내리쳤다.

그렇게 눈부신 법력의 빛이 폭발한 후 지상에 남은 건 거대한 크레이터뿐이었다.

――――――.

"……선생님."

"시스티나, 루미아, 리엘……."

그런 격전이 벌어지고 있는 밀라노에서 멀리 떨어진 페지테의 무참하게 파괴된 알자노 제국 마술학원 중정에서는 카슈, 기블, 웬디, 테레사, 린을 비롯한 학생들이 마치 기도하듯 하늘 위를 올려다보고 있었다.

여전히 주위를 압박하듯 존재감을 자랑하는 천공성.

저 아득히 먼 하늘 위의 공간과 시간에 지상과 다른 법칙이 적용되고 있다는 건 아직 위계가 낮은 그들도 통감하고 있었다.

그리고 그 뒤틀린 공간과 천공성의 모습은 때때로 뭔가에 반응하듯 크게 흔들리고, 노이즈가 끼고, 명멸하고 있었다.

하지만 그게 무엇을 뜻하는지 학생들은 직감적으로 이해할 수 있었다.

영혼으로 느꼈다.

싸우고 있는 것이리라.

글렌이.

시스티나가.

루미아가.

리엘이.

지금도 이 세상의 운명을 걸고 필사적으로 싸우고 있는 것이다.

———.

"우오오오오오오오! 《Iya, Cthugha》!"

"하하하하하하하하하하하하하하!"

글렌의 고함과 저티스의 홍소가 세상 끝에 울려 퍼졌다.

시간의 흐름을 조작한 글렌이 오른손의 마총 《페네트레이터》를 초고속으로 격발하자, 총구에서 혜성 같은 탄환이 저티스를 향해 날아갔다.

세리카의 《세계석》에서 얻은 지식으로 외우주의 사신 《염왕(炎王) 크투가》의 힘을 담은, 별이 탄생하는 순간에 필적하는 초고열의 탄환이 홍련의 사자 같은 환영을 두른 채 홍염(프로미넌스)으로 이루어진 꼬리를 그리며 적을 향했다.

"하하하하하하하하하하하하하하하하하하하하하하하하!"

그러나 작은 운석 정도라면 먼지처럼 파괴할 수 있는 그 탄환을 저티스는 완전히 무시하고 돌진했다.

뒤에 떠 있는 뒤틀린 정의의 여신(레이디 저스티스)과 함께 단숨에 글렌과의 거리를 좁히려 했다.

그리고 탄환이 직격하자 초신성 폭발 같은 빛이 터지며 주위의 차원이 비명을 질렀지만, 저티스는 그 무지막지한 파괴력을 아무렇지 않게 돌파했다.

"치잇! 《Iya, Indra》!"

그것을 본 글렌은 왼손의 마총 《퀸 킬러》의 방아쇠를 당겼고, 총구에서 강렬한 전격이 깃든 탄환이 전자기력을 이용해 가속하며 발사되었다.

그러자 이번에도 외우주의 사신 《금색의 뇌제》의 힘이 깃든 탄환이 번개로 이루어진 거인의 손바닥 같은 환영을 두른 채 광속을 뛰어넘은 속도로 저티스를 잡아 터트리려 했다.

"아하하하하하하하하하하하하하하하하하하하하하하하하하하!"

하지만 저티스는 오른손에 달린 흑검을 휘둘러서 그 뇌제의 팔을 위아래로 양단해 버렸다.

"……제기랄! 《그대·멸망을 부르는 바람의 날개》…… 【르 킬】!"

이번에도 공격이 통하지 않자 글렌은 즉시 《시간의 천사》라 틸리카의 권능을 써서 그녀의 권속을 마스터 권한으로 소환했다.

다음 순간, 종을 치는 듯한 중저음과 함께 세상 전체가 흑백으로 변했다.

"가라!"

시간의 흐름을 멈춘다. 이어서 글렌의 뒤에서 출현한 라 틸리카의 권속— 기계 장치로 이루어진 편익의 천사가 그 흉측한 날개를 펄럭이자. 멸망의 바람이 저티스를 향해 몰아쳤다.

물론 그렇게 보이는 것이 끝이 아니었다.

사실 이 바람의 표적은 현재의 저티스가 아닌 직전의 저티스. 즉, 과거의 저티스를 소멸시켜서 현재의 저티스에게서 소멸이라는 현상을 이끌어 내는 인과조작 공격이었던 것이다. 현재 시점에서 과거는 이미 확정되어 있기 마련이니 바로 1초 전의 과거를 노린 공격을 피할 수 있을 리 없었다.

"전율스러운 신비인걸, 글렌."

"큭?!

하지만 그 모든 규칙을 자신이 관철하는 정의의 이름하에 무시하고 여유 있게 빠져 나온 저티스가 서로의 숨결조차 느껴질 정도의 초 근접 거리에서 글렌의 눈을 마주보았다.

글렌은 즉시 그 자리에서 빠르게 이탈해 거리를 벌렸지만, 저티스는 딱히 추격하지 않고 양팔을 펼쳤다.

"하하하하…… 괜찮아, 글렌. 설령 그게 빌린 힘이든 뭐든 관계없어. 힘의 출처 따윈 본질을 평가하는 데 아무런 척도도 되지 않으니까 말이야. 중요한 건 그 힘으로 지금 이 순간 무엇을 생각하고 무엇을 해내느냐야. 그러니 좀 더…… 좀 더 네 「정의」를 보여줘. 네 「정의」는 고작 그 정도가 아니잖아?"

그리고 주문을 영창했다.

"《나는 신을 참획하기를 바라는 자·나는 근원의 시작과 끝을 알려 하는 자》."

그 자리에 차원이 다른 압력의 마력이 방출되는 동시에 저티스의 뒤에 떠 있는 여신이 오른팔을 들자, 오른손에 쥔 흑검이 빛을 발하며 길이가 무한대에 가까운 빛의 칼날을 형성했다.

"아……!"

"그으으으을레에에에에에에에에에에에에엔!"

저티스가 왼손을 내밀자, 여신이 그 길이가 무한대에 가까운 빛의 칼날을 마구잡이로 휘둘렀다.

"크으으으윽!"

글렌은 시천신비로 시간의 흐름을 비틀어 그 공격을 피했다.

왼쪽으로 날아가고, 오른쪽으로 선회하고, 급강하와 급상승을 반복하며 피하는 동안 그 칼날에 닿은 주위의 별들이 단숨에 양단되는 것을 목격한 글렌은 온몸의 솜털이 곤두서는 듯한 충격을 받으며 회피에 더더욱 집중했다.

'……전부 피하는 건 무리야!'

하지만 그렇게 자신 주위에 흐르는 시간을 극한까지 가속해도 저티스보다는 느렸다.

하물며 시간 간섭도 저티스에게는 전혀 통하지 않았다.

이런 상황에서 자신은 언제까지 피할 수 있을까.

'아차!'

결국 바로 눈앞에서 날아드는 빛의 칼날에 글렌이 굳어버린 순간.

"선생니이이이이이이이이이이임!"

옆에서 날아든 빛의 바람이 그의 몸을 후려쳤다.

시스티나다.

조금 전까지 그가 있었던 곳을 빛의 칼날이 가차 없이 통과했지만, 당연히 글렌에게는 아무런 영향도 없었다.

그것을 본 저티스가 박수를 보냈다.

"그렇군. 이타콰의 바람으로 글렌이 존재했던 차원 위상을 순간적으로 반쯤 어긋나게 만든 건가. 그 자리에 존재하지 않는 인간을 벨 수는 없으니까 말이야. 크크크…… 제법 인걸?"

저티스는 아득히 저 멀리서 왼손을 내밀고 있는 시스티나를 올려다보았다.

"너도 참 몰라보게 강해졌네. ……예전과는 영 딴판이야."

"하아아아아아아아아아아아아아아앗!"

양손을 머리 위에 들고 합장해서 빛나는 바람을 응축한 시스티나는 그걸 그대로 휘둘러서 저티스를 향해 날렸다.

신의 속도를 뛰어넘은 마(魔)의 속도로 가속한 그 바람의 포탄은 곧 급속도로 열에너지를 잃고 절대영도에 도달했다.

그리고 현재 저티스가 존재하는 이 위상 차원뿐만 아니라 이 세계에 인접해 있는 다원 세계·평행 세계까지 한꺼번에 쓸어 버렸다.

양자적인 동위상·다중 차원 동시 공격.

그야말로 필중이자 필멸.

가령 이 차원의 세계에서 벗어난다 해도 그렇게 도망친 곳에는 이미 이 절대영도의 바람이 기다리고 있을 터.

"안타깝게도 정의는 나야."

하지만 여신이 검을 내리치자, 그 바람은 맥없이 흩어지고 말았다.

저티스에게 아무런 피해도 주지 못했다.

"……큭?!"

"시스티나, 물러나! 이이이야아아아아아아아아압!"

이어서 시스티나의 뒤에서 혜성처럼 나타난 리엘이 저티스를 향해 낙하했다.

"【데이브레이크 링크】!"

은색으로 빛나는 대검의 일격이, 여명의 빛이 시야 전체를 새하얗게 불살랐다.

카아아아아아아아아아아아아아아아아아앙!

하지만 이번에도 여신이 흑검으로 그 혼신의 일격을 막아냈고, 검과 검 너머로 리엘과 저티스의 시선이 마주쳤다.

"……윽?!"

"호오, 섭리를 뛰어넘은 「마음」으로 펼치는 개념 공격인가? 설마 네가 그 경지에 도달할 줄이야. 감동했어."

저티스는 이쪽을 노려보는 리엘을 올려다보며 미소 지었다.

"네 「하늘」과 내 「하늘」은 아무래도 특성이 비슷한 것 같네. 그렇다면 너희 셋 중에 가장 성가신 상대는 너일지도? 하지만……."

그리고 양손을 휘두르자, 여신이 마치 그가 된 것처럼 대검을 휘둘렀다.

진정 세상에 검신이나 투신이 존재한다면 이러할까.

신역에 도달한 완성된 검으로 리엘을 공격한 것이다.

"고작 그 정도 검술에 당해줄 수는 없단 말이지이이이이이이이이이이이!"

"……?!"

하지만 직감이 이미 신의 영역에 반 발짝쯤 닿은 리엘은 반사적으로 【데이브레이크 링크】를 써서 여신의 검을 막아내려 했다.

"으, 아아아아아아아아아아아아앗?!"

그러나 그 위력을 감당하지 못해 유성처럼 저 멀리 날아가고 말았다.

"……계속, 갈게."

"그렇게는 안 돼요!"

저티스가 그런 그녀를 추격하려 하자 루미아가 나서서 열쇠를 휘둘렀고, 맑은 종소리와 함께 공간이 완전히 동결되었다.

황금 열쇠의 권능으로 저티스가 존재하는 공간을 봉인한 것이다.

저스티스
“정의.”

하지만 저티스가 발을 한 걸음 내디딘 것만으로도 그 동결된 공간은 간단히 해제되었다.

“……크윽?!”

루미아는 꺾이지 않고 열쇠를 휘둘렀다.

이번에는 공간에 허무의 나락이 입을 벌렸다.

그대로 저티스를 이 차원수의 바깥쪽으로 추방하려 했다.

저스티스
“정의.”

하지만 저티스가 발을 한 걸음 내디딘 것만으로도 나락의 입이 짓뭉개졌다.

“아직…… 아직이야!”

루미아는 다시 열쇠를 휘둘렀다.

그러자 공간이 뒤틀리며 저티스를 내포한 공간이 수축되기 시작했다.

국소적인 소규모 블랙홀 생성.

그렇게 그의 존재를 0차원의 점 하나로 압축해 버리려는 순간.

저스티스
“정의!”

이번에는 저티스가 오른팔을 휘두르자, 압축되던 공간이 바깥쪽으로 튕겨 날아갔다.

"맙소……사!"

루미아는 포기하지 않고 다시 권능을 행사했다.

그러자 저티스의 주위에 흐르는 시간이 소용돌이를 그리며 시각화되더니 맹렬하게 회전하기 시작했다.

이 세상에 시간을 이길 수 있는 영원한 물체는 존재하지 않는 법.

저티스의 시간이 단숨에 수천수억 년 경과했다.

"정의(저스티스)!!!!!!!!!!!!!"

하지만 그 시간의 나선 또한 여신이 휘두른 검의 일격에 산산이 흩어지고 말았다.

"으, 아아아아아아아아아아아아앗?!"

그 충격을 이기지 못한 루미아도 뒤로 날아가고 말았다.

"정의(저스티스)! 정의(저스티스)! 정의(저스티스)! 그 정도로는 내 정의를 막지 못해! 자, 이제 어쩔 거지? 뭘 할 거지? 내게 보여 줘! 글렌!"

모든 시도가 무산된 글렌 일행 앞에서 저티스는 위풍당당하게 양팔을 펼쳤다.

그의 양손에서 뿌려진 의사 영소 입자(파라 에테리온 파우더)가 사방에 빛의 속도로 퍼진 다음 순간, 그의 뒤에 있던 공간에 수천 단위의 천사가 모습을 드러냈다.

그 모습은 그야말로 장관이었다.

공상을 현실에 구현하는 툴파 소환술은 그 성질상 저티스의 【ABSOLUTE JUSTICE】와 상성이 좋을 수밖에 없다.

그러니 이 천사들은 그 하나하나가 에인션트 드래곤을 격파할 수 있는 전설급, 아니. 창세급 힘을 지녔다고 봐도 무방하리라.

그런 괴물들이 날개를 펄럭이며 주위의 공간을 전부 메울 듯한 기세로 질서 정연하게 무리 짓고 있었다. 마치 종말 전쟁 당시 절망적인 악과 대치한 천사의 군단처럼.

"아……?!"

"맙소사!"

"……큭!"

그 막대한 물량 앞에서는 제아무리 시스티나, 루미아, 리엘도 전율할 수밖에 없었다.

저티스는 그런 그녀들에게 노래 부르듯 선언했다.

"「낙일의 황혼에 네 번째 천사는 나팔을 불었도다! 하늘에! 땅에! 하늘에! 바다에! 삼천의 검과 삼천의 창을 들고 세상 절반을 바늘산처럼 채웠노라. 그것이 바로 인간이 지은 죄의 증거일지니!」, 가라! 나의 천사들이여! 정의를 증명하라!"

그리고 손을 세워 들자, 천사 군단은 일제히 검과 창을 들고 글렌 일행을 향해 돌격을 개시했다.

그 밀도는 그야말로 벽.

시스티나가 바람을, 루미아가 열쇠를, 리엘이 검을 겨누고 요격하려 했지만.

—저건 도저히 못 막아!

막연히 그러한 예감이 든 그녀들이 등골을 따라 내달리는 오한에 몸을 떤 순간.

"까불지……."

왼손 앞에 마술법진을 전개한 글렌이 응축된 농밀한 마력을 흩뿌리며 앞으로 나섰다.

이미 스펠링은 끝난 상태였다.

"……말라고!"

그리고 왼손을 들어 올리자 극광의 충격파가 하늘로 발사되었고, 다음 순간 수많은 빛의 파동이 모든 방향과 각도에서 광속으로 날아들기 시작했다.

"똑똑히 봐라, 은하개벽과 종언을! 흑마 개량2식 【익스팅션 미티어레이】!"

격이 다른 허수 에너지가 유성군처럼 난무하며 저티스를 포함한 천사 군단을 향해 빗발치며 쏟아지자, 막대한 빛에 집어삼켜진 천사들이 그대로 세상에서 지워져 버렸다.

"하하하하하하하하하하하! 아하하하하하하하하하하하하하! 아하하하하하하하하하하하하하하하하하하하하!"

하지만 저티스는 웃음을 터트리며 오른손에 든 검과 여신이 오른손에 든 검으로 자신을 향해 날아드는 빛을 모조리 튕겨냈다.

"그래! 그거면 돼! 더! 더! 네 정의를 보여줘! 네 정의는 고작 이 정도가 아닐 테니까 말이지!"

"닥쳐!"

무한한 우주를 배경으로 저티스의 환희와 글렌의 고함이 뒤섞이며 파괴의 에너지가 초신성처럼 폭발을 거듭했다.

――――.

글렌 일행은 사력을 다해 초월적인 신비와 비술을 아끼지 않고 저티스와 싸웠다.

그들의 마술과 저티스의 마술이 정면에서 충돌할 때마다 빛이 된 충격파가 우주 저 멀리까지 날아갔다.

시간의 흐름이 어긋나고, 공간이 뒤틀리고, 차원이 찢어지며 섭리가 몇 번이나 강제로 수정되고, 개변되고, 망가져 갔다.

그렇게 대체 얼마나 오랫동안 싸웠을까.

이 영적으로 정점인 영역에 있는 이차원 전투 공간은 시간의 흐름조차 모호하고 일정치 않았다.

외계와 내계의 시간이 흐르는 방식도 달랐다.

서로의 신비와 비술을 사력을 다해 펼치는, 그런 인지를 초월한 싸움의 끝에서 글렌 일행은 막연히 이해하고 말았다.

지금 그들이 싸우고 있는 상대야말로.

저티스 로우판이라는 사내야말로.

이 세계에서, 이 차원수에서 가장 신에 가까운 인간이라는 것을.

스스로의 절대적이고 확고한「정의」. 그저 그것만을 우직하게 믿고 끝까지 관철함으로써 신의 영역에 한없이 가까워진 존재라는 것을.

하지만.

그렇다고 해서.

"패배를 인정할 것 같아?!"

정신력과 영혼이 마모되는 듯한 싸움이 거듭되는 와중에 시스티나가 소리쳤다.

그러자 그녀의 새하얀 외투가 한층 더 빛나고, 겉면에 문자들이 내달리며 바람의 성질을 더 멀리, 더 강하게, 더 날카롭게 바꾸기 시작했다.

그녀가 어떤 마장성으로부터 계승하고 배운 바람의 진수를, 오의를, 그 심오한 경지를, 급속도로 체득해 나가기 시작했다.

"《Iya, Ithaqua》!"

보이지 않는 『거대한 신성』에 올라탄 시스티나는 이 위상 차원의 이면을 향해 빛의 속도로 이동했고, 그 차원간 이동으로 인해 발생한 막대한 차원 충격파가 저티스가 무한정 소환하는 천사들을 모조리 갈기갈기 찢어버렸다.

그리고 성장하고 있는 건 그녀만이 아니었다.

"하앗!"

어느새 루미아도 두 개의 열쇠를 쓰고 있었다.

오른손에 은 열쇠. 왼손에 황금 열쇠.

그와 동시에 그녀의 시공간 조작권능도 폭발적으로 강대해지기 시작했다.

이것이 바로 《천공의 타움》의 진정한 모습. 진정한 권능.

본디 그녀들은 둘이서 하나인 신성. 인간의 피가 섞이는 바람에 강제로 권능이 둘로 나눠진 존재.

"이야아아아아아아아아압!"

루미아는 급속도로 자신의 진정한 본질을 깨달아 가는 동시에 이도류처럼 두 개의 열쇠를 동시에 휘둘렀다.

시간의 권능과 공간의 권능. 지금까지는 한 번에 둘 중 하나밖에 쓸 수 없었던 그 두 가지 권능을 동시에 자유자재로 행사했다.

빛과 시간조차 흡수해 버리는 마이크로 블랙홀을 대량으로 퍼트려 천사들을 섬멸한 것이다.

"……!"

그리고 어느새 리엘도 대검을 들고 있지 않았다.

맨손이었다.

하지만 그녀는 사거리가 무한이 된 【데이브레이크 링크】를 아무런 동작과 대기시간도 없이 난사하고 있었다.

검술의 극치에 도달한 나머지 검이 필요 없게 된 것이다.

그래서 리엘의 검천(劍天) 【데이브레이크 링크】는 검의 이론상 최고속도 한계치를 뛰어넘을 수 있었다.

지금의 그녀는 인간으로서의 존재를 유지한 검이라는 개념이었다.

시야에 들어온 것을 베겠다고 생각하자마자 거리라는 개념을 초월해서 벨 수 있는 신역(神域)의 검사가 된 것이다.

그런 그녀를 혹자는 이렇게 부르리라.

검신, 이라고.

"이이이이야아아아아아압!"

별 하늘을 자유자재로 질주하며 【데이브레이크 링크·신역】을 무한정 난사하는 리엘은 그 참격으로 이루어진 압도적인 화망으로 저티스를 계속 몰아붙였다.

"하하하하하하하하하! 아하하하하하하하하하하하하하하!"

제아무리 저티스라도 이건 버거웠는지 마침내 시간의 흐름에 개입하며 오른손에 든 흑검으로 리엘의 참격을 쉴 새 없이 튕겨냈다.

그러자 검이 부딪히며 튄 불똥과 함께 강렬한 충격음이 끝없이 울려 퍼졌다.

그렇다. 저티스는「불」이었다.

그 인지를 넘어선 강대한 신비가 그녀들을 단련시키는 최고의「불」이 된 것이다.

저티스의 기술과 신비를 따라잡으려 할수록 그녀들의「하늘」이 맹렬한 기세로 연마되고 있었다. 완성되고 있었다.

무의식적으로 이미 한계라고, 더 이상 성장할 여지가 없다고 느꼈던 그녀들이 훨씬 더 높은 경지를 엿보고, 상식이 무너지는 과정에서 어느새 그 한계를 돌파해 버린 것이었다.

물론 누구에게나 가능한 일은 아니리라.

그럴 재능과 자질이 있었던 시스티나와 루미아와 리엘이기에 가능했던 일이자, 도달할 수 있는 경지였다.

하지만, 그럼에도 저티스의 벽은 여전히 높았다.

그녀들보다 아득히 위에 있었다.

그래도 소녀들은 필사적으로 싸웠다.

기하급수적으로 강해지면서, 경지를 완성해 가며 싸움을 멈추지 않았다.

하지만 그런 와중에도 글렌의 위계는 여전히 제자리걸음이었다.

처음에는 세리카가 남겨준 신비 덕분에 이 최종결전 멤버의 확고한 주력을 맡을 수 있었다.

하지만 이제는 서서히, 점점 「격차」가 벌어지고 있었다.

전투에 끼어들 수 없게 되어가고 있었다.

솔직히 말해, **짐짝이 되어가고 있었다.**

'제길! 알고는…… 있었지만!'

그 사실을 자각해 버린 글렌은 이를 악물 수밖에 없었다.

어차피 그의 신비는 세리카에게 빌린 것이다.

애초에 따지고 보면 그는 삼류 마술사에 불과했다.

이 중요한 순간에, 시스티나와 루미아와 리엘이 타고난 재능과의 차이가 더는 얼버무릴 수 없을 정도로 드러난 것뿐이었다.

……그럼에도.

'난…… 나는……!'

글렌은 멈추지 않았다.

저티스와 마지막 결판을 내기 위해 계속해서 싸웠다.

'난, 세리카의 의지를 계승해서, 이 세계를 지킬 거다! 저 녀석들을, 학교의 모두를 지킬 거라고! 그래! 단지 그뿐이야! 정의고 이상이고 뭐고 나에겐 필요 없어! 꿈 따윈 아무래도 좋아! 가까이에 있는 소중한 것들만 지킬 수 있으면…… 그걸로 충분해!'

하지만 손에 담기는 힘과 마음에 품은 조바심과는 반대로, 글렌의 힘은 그녀들과 점점 격차가 벌어지고 있었다.

그리고 어째선지 「정의도, 이상도, 꿈도 필요 없다. 그저 지킬 수만 있으면 된다」고 강하게 생각하고 바랄수록 마음 속 어딘가에서 하얀 머리의 그리운 누군가가 조금 슬픈 표정으로 시선을 내리까는 듯한.

뭔가 말하려다 입을 꾹 다무는 듯한.

때때로 빤히 쳐다보는 듯한— 기분이 들었기에.

"……관계없다고!"

마치 그 시선에서 벗어나려는 것처럼 저티스를 응시했다.

그리고 어느새 또 한 단계 더 강해진 시스티나와 루미아가 천사들을 계속 쓸어 버려 준 덕분에, 리엘이 견제해 준 덕분에.

저티스의 빈틈을 노릴 기회가 생겼다.

'흥, 애초에 내 특기는 정면 대결이 아니거든? 기습, 암살, 초견살(初見殺)…… 그건 예나 지금이나 다를 바 없지!'

분명 저티스는 거짓말을 하지 않았다. 그의【ABSOLUTE JUSTICE】는 무적이다.

그래서 지금까지 자신이 해온 모든 공격이 통하지 않을 거라는 건 알고 있었다.

한 번쯤 통하면 좋겠다고 생각하면서도 결국 통하지 않는다는 건 처음부터 알고 있었다.

애당초 저쪽에만 유리한 판 위에서 싸우는 것 자체가 어리석은 짓이다.

저티스를 공략하려면 그 판 자체를 무너트릴 수밖에 없다.

그리고 사실 글렌에게는 마침 그렇게 할 수단이 있었다.

'지금까지 내가 통할 리 없는 공격을 계속해댄 건 전부 속임수였어! 너에게 내 진짜 의도를, 비장의 수를 확실히 찔러넣기 위한……!'

글렌 일행의 초월적인 공격을 단 한 번도 실수 없이 무위로 돌려온 저티스는 어지간히 자신의【ABSOLUTE JUSTICE】를 신뢰하고 있을 터. 자신감도 있을 터.

아니, 애초에 그럴 수밖에 없었다.

왜냐하면 저 마술이야말로 그가 삶아가는 방식이자, 존재 방식이자, 삶의 이유 그 자체였기에.

그리고 그 자신감은 이 싸움이 길어질수록 더 단단해지리라.
하지만 저것도 마술인 이상, 완벽할 리는 없었다. 절대적일 수는 없었다.

"저티스으으으으으으으으으으으으으으으!"

싸우는 도중, 계속 강해지는 시스티나 일행의 힘을 보고 전투의 흐름이 바뀐 것을 느낀 글렌은 틈을 봐서 마침내 저티스에게 달려들었다.
'……지금이야! 여기서 끝을 내는 거야! 지금은 쓸데없는 생각하지 마! 끝내는 것만 생각해!'
모든 잡념을 의식 밖으로 밀어내며 승부에 나선 것이다.

"서, 선생님?!"
"길을 열어드리자! 루미아! 리엘!"
"……응!"

단숨에 의도를 눈치챈 루미아, 시스티나, 리엘도 그와 나란히 질주했다.
그를 지키기 위해 사방에서 날아드는 천사들의 시간을 멈춰서 차원에서 추방하고, 절대영도의 폭풍으로 날려 버리고, 모조리 베어 버렸다.

명멸하는 빛. 뒤흔들리는 차원. 어긋나는 시간.

"우오오오오오오오오오오오오오!"

그런 가운데 글렌은 시스티나와 루미아와 리엘이 열어 준 가느다란 활로를 지나 저티스를 향해 일직선으로 달렸다.

그런 그의 모습을 본 저티스는 환희에 물든 표정으로 외쳤다.

"오는 거야? 드디어 와 주는 거구나? 하하하하하하! 좋아! 마음껏 해 보라고, 글렌! 보여줘! 너 자신의 「정의」를! 이것이야말로 내가 오랫동안 소망해 온 결전의 순간! 내 모든 것을 건 승부의 순간! 내 「정의」와 너의 「정의」! 어느 쪽이 정말로 위인지…… 승부다아아아아아아아아아아아아아!"

"닥치라고 했지이이이이이이이이!"

둘 사이의 거리가 빛의 속도로 좁혀졌다.

글렌이 품속에 든 「비장의 패」를 쥔 채 전심전력을 다해 질주했지만, 저티스는 환희에 물든 표정으로 양팔을 벌린 채 미동조차 하지 않았다.

아니, 할 필요가 없었다.

저티스는 자신의 정의를, 【ABSOLUTE JUSTICE】를 믿고 있다.

자신의 승리를 추호도 믿어 의심치 않았다.

그러니 승부를 거는 글렌에게 이제 와서 다른 식으로 대응하는 모습을 보이는 건 【ABSOLUTE JUSTICE】를 불신

하는 증거나 다름없을 터.

즉, 이 상황에서 글렌의 공격을 정면으로 받아들이는 것 말고는 선택지가 없는 것이다.

'바로 그게, 그 자만심이 네가 패배하는 이유다!'

그런 흐름과 저티스의 심리를 완전히 간파하고 있었던 글렌은 마침내 「비장의 패」를 공개했다.

그것은 품속에서 꺼낸, 날이 부러진 미스릴 검이었다.

손잡이에는 피로 물든 불길한 부적이 감기고, 칼날에는 세계의 법칙을 부정하는 룬들이 새겨진 검이었다.

어떤 검의 영웅이 사용했던 검이었다.

이것이 바로 미래에서 살아갈 글렌을 위해 세리카가 남겨준 최종 오의.

셉텐데의 긍지를 걸고 자신의 퍼스널리티인 《만리의 파괴·재생》을 최대한 활용해서 만든, 세리카의 궁극 마술. 그녀의 마지막 오리지널.

그리고 《세계석》을 계승한 지금의 글렌이기에 쓸 수 있는 검.

이 검의 이름은―.

로우 브레이커
"【만리파괴의 세계검】!"

신역에 도달한 세리카 비전의 디스펠 술식, 아니. 섭리와 법칙과 룰을 파괴하는 식이었다.

이 세계에 존재하는 모든 마술과 마법과 이능력과 신비를 부정하고 파괴하는, 그저 닿기만 해도 소멸시키고 무효화하는 한 자루의 검.

이 세리카가 빚어낸 궁극의 마술 앞에서는【글렌의 광대】의 세계조차 무력했다.

"……?!"

그 검을 본 저티스가 눈을 크게 부릅떴다.

'헹! 이제야 네 실수를 깨달은 거냐? 하지만 늦었어!'

글렌이 개의치 않고, 망설이지 않고 거리를 좁힌 다음 순간.

"우오오오오오오오오오오오오!"

그 검이 저티스의 가슴에 틀어박혔다.

———.

제6장 무한한 가능성의 꿈

"……?!"

정적이 주위를 지배했다.

기사회생의 일격인 【로우 브레이커】가 마침내 저티스를 찌른 것이다.

그 모습을 확인한 시스티나, 루미아, 리엘이 숨을 삼켰다.

이것으로 끝이다.

글렌의 【로우 브레이커】가 스펙대로의 힘을 발휘한다면 이 세계의 모든 신비와 마술과 마법은 무효화 될 터.

하물며 이건 천위에 도달한 그 세계 최강의 셉텐데 마술사 세리카 아르포네아의 최종 오의다.

그 기적적인 신비의 힘 앞에선 제아무리 저티스라도—.

챙강!

하지만 검은 곧 산산이 부서졌다.

저티스의 몸에는 단 한 치의 상처도 입히지 못한 채.

"……?!"

"뭐야 이건?"

넋을 잃은 글렌에게 저티스는 왠지 김이 샌 듯한 목소리로 말했다.

"말했잖아? 내가 곧 규칙이라고. 규칙 위반은 좋지 않아, 글렌."

"……빌어먹을!"

기대가 완전히 빗나가 버리고 곧 초조함과 위기감이 전신을 지배했다.

지금의 글렌은 완전히 【ABSOLUTE JUSTICE】의 범위 안에 들어와 있었다.

여태까지는 시간과 공간을 조작해서 간신히 그 범위를 벗어나 있었지만, 지금은 아니었다.

즉, 이제는 무슨 수를 써도 죽음을 피할 방법이 없었다.

명운이 완전히 다한 것이다.

"치잇!"

하지만 글렌은 포기하지 않았다.

소용없다는 걸 알면서도 일말의 희망을 걸고 그 자리에서 몸을 날렸다.

"서, 선생님!"

"글렌!"

시스티나, 루미아, 리엘이 황급히 도우려 했지만, 이미 모든 게 늦은 뒤였다.

"으, 우오오오오오오오오오오오오오오오오오오오!"

하지만.

뜻밖에도.

"……."

이 절호의 기회를 눈앞에 두고서도 저티스는 **아무것도 하지 않았다.**

자신의 마술 범위에서 겁먹은 토끼처럼 달아나는 글렌을 그저 가만히 지켜보기만 했다.

이유는 알 수 없었지만, 지금은 이 행운에 감사할 뿐이었다.

"하아~ 하아~! 헉…… 헉……."

그리고 양자는 다시 거리를 두고 대치했다.

"……."

글렌 일행이 심한 피로로 어깨를 들썩였지만, 반면에 저티스는 숨소리 하나 흐트러지지 않은 상태로 선 채 어째선지 고개를 숙이고 있었다.

"제기랄! 설마 세리카의 【로우 브레이커】조차 안 통한다니…… 내 예상이 완전히 틀렸어!"

호흡을 가다듬은 글렌은 자기도 모르게 욕설을 내뱉을 수밖에 없었다.

이 공격이 실패로 돌아간 건 그 자신이 마술사로서 삼류인 것과는 아무런 관계도 없었다.

조건상 단 한 번뿐이기는 해도 이건 세리카와 완전히 동일한 수준의 신비를 발휘할 수 있는 마술이기 때문이다.

그런데도 통하지 않았다면 답은 간단했다.

저티스의 【ABSOLUTE JUSTICE】는 세리카의 【로우 브레이커】조차 범접할 수 없는 경지의 마술이었다는 뜻이리라.

"늘 그렇지만 절망적이네요!"

글렌에게 【로우 브레이커】에 관한 자세한 설명을 들은 적은 없었지만, 대충 눈치껏 상황을 파악한 시스티나가 탄식을 내뱉었다.

루미아와 리엘도 아쉬움에 표정이 흐려져 있었다.

"그래도…… 저희는 질 수 없어요!"

"……응. 이길 거야. ……저티스를, 쓰러뜨려야 해."

하지만 이만한 격차 앞에서도 그녀들은 전의를 잃지 않고 저티스를 날카롭게 응시했다.

결코 물러서지 않겠다는 의지를 드러내며 용감하게 앞으로 한 걸음 나섰다.

하지만 그쪽에는 시선도 주지 않은 채 고개를 숙이고 있던 저티스가 이윽고 이런 말을 내뱉었다.

"……그 정도야?"

글렌은 그것을 조롱과 모욕으로 받아들였다.

"칫…… 뭐가. 하기야 네 그 사기 마법 앞에선 어떤 마술이나 기술이든 애들 장난처럼 보이겠지?"

"……아니야. 그런 뜻이 아니라고."

저티스는 글렌의 말을 단칼에 부정했다.

"아니야. 아니라고, 글렌. 그게 아니잖아? 네 힘은, 정의는 고작 그 정도가 아니야. 그 정도일 리가 없다고……!"

"……?!"

자세히 보니 저티스는 온몸에서 격렬한 분노를 드러내며 글렌을 조용히 노려보고 있었다.

"시스티나, 루미아, 리엘…… 너희는 확실히 훌륭해. 뭐, 내 정의에는 발끝만큼도 미치지 못했지만, 내 앞에 무릎 꿇릴 가치가 있지. 그만한 힘과 정의가 있어. 일단 그건 인정할게. 하지만 글렌. 넌 대체 언제쯤 돼야 진심을 보여 줄 거지? 넌 대체 언제쯤 돼야 진지하게 내 정의와 마주해 줄 거냐고! 여기까지 와서 날 실망시키지 말아줘! 네가 그런 식이라면…… 내가 대체 뭘 위해 5억 년이나 힘을 쌓아 온 건지 알 수가 없게 되잖아!"

"야, 이 자식아! 넌 또 무슨 개소리를 지껄이는 건데?!"

글렌은 격노했다.

"난 항상 진심이고, 전력이었어! 나 같은 삼류 마술사한테 대체 뭘 바라는 거야! 애초에 네 이해할 수 없는 정의 따윈 내 알 바 아니라고, 이 등신아! 난 세라의 원수인 널 조져버리면 그걸로 족해! 그런 김에 내 학생들과 동료들이 있는 세계를 지키면 그걸로 충분해! 그 외의 일은 몰라! 내 알 바냐? 내 알 바냐고!"

하지만 이건 완전히 예상 밖의 대답이었는지 저티스는 눈을 부릅뜨고 신음을 흘렸다.

"……너, 지금 진심으로 하는 말이야? 정말…… 그것뿐이라고? 네 힘이, 정의가…… 고작 그 정도였어?"

"진심이고 자시고 난 예나 지금이나 덜떨어진 삼류 마술사일 뿐이라고 했잖아! 지금은 분수에도 안 맞는 세리카의 힘을 빌려서 일시적으로 쓰게 된 것뿐이고! 난 나야! 그것 말고는 아무것도 없어!"

"……."

그 짜증 섞인 외침에 저티스는 진심으로 경악한 표정으로 입을 다물어 버렸다.

"……실망했어, 글렌. 진심으로 실망이야. 네가…… 고작 그 정도의 인간이었을 줄은. 넌, 너만은 다르다고, 범용한 바보들과는 다를 거라고…… 믿었는데."

하지만 곧 슬픈 목소리로 혼잣말을 중얼거리며 모자를 깊게 눌러 써버렸다.

그러자 시스티나, 루미아, 리엘이 씩씩거리며 반박하기 시작했다.

“당신, 그게 대체 무슨 소리죠? 왜 선생님한테 혼자 기대하고 혼자 실망하는 건데요!”

“……당신이 선생님의 뭘 안다는 건가요?”

“응. 글렌을 무시하는 거면, 용서 안 해.”

하지만 저티스는 전혀 개의치 않고 어깨를 으쓱이며 고개만 절레절레 저을 뿐이었다.

이번에는 남루스도 화가 난 표정으로 나섰다.

『혹시…… 설마, 당신. 《무구한 어둠》 때문에 그러는 거야? 흥! 그러고 보니 당신은 《무구한 어둠》을 타도해서 이 차원수의 모든 세계를 구하겠다고 했었지? 하지만 글렌이 구하려는 건 이 세계뿐. 그러니 글렌보다 당신 쪽이 더 위라고 얕잡아보고 무시하는 거구나? 내 말이 틀려?』

“아니, 아니야. 전혀 달라. 이야기의 전제가 완전히 어긋났어. 하하하…… 이래서 인외라는 것들은. 인간이라는 걸 전혀 이해하지 못해.”

저티스는 대충 흘려 넘겼다.

“그냥 까놓고 말할게. 「아홉을 위해 하나를 포기한다」, 「아홉을 버려서라도 하나를 구한다」. ……너희는 이 중 어느 게 더 상위의 「정의」라고 생각하지?”

“그, 그건…….”

시스티나는 저티스가 던진 질문의 의도를 헤아리며 대답하려 했다.

"그, 그 둘 중 하나라면…… 어디까지나 객관적으로 「아홉을 위해 하나를 포기한다」……?"

"틀렸어."

저티스가 히죽 웃었다.

"그럼…… 「아홉을 버려서라도 하나를 구하는 쪽」이 정의라고 말하고 싶은 건가요?"

"그것도 틀렸어."

시스티나와 루미아가 동시에 미간을 찡그리고 노려보자, 저티스는 자못 유쾌한 듯 어깨를 들썩이며 웃기 시작했다.

"아하하! 미안, 미안. 너무 그런 눈으로 노려보지 마. 이건 그냥 말장난이잖아. 맞아. 이 선택지에 답 같은 게 있을 리 없어. 전자는 아홉 쪽의 절대 정의일 테고, 후자는 하나 쪽의 절대 정의일 테니까. 양쪽에 확고한 정의가 존재하는 이상, 우열은 가릴 수 없지. 뭐, 일반사회에서 전자가 존중받는 경향이 있는 건 그냥 단순히 공공의 최대공약수가 되는 이익을 추구하기 위한 **합리적 판단**에 지나지 않아. **그쪽이 더 정의로워서도 아니고**. 너희도 알베르트 프레이저는 알고 있지? 그가 혹시 자신이 하는 행위가 정의라고 주장하는 걸 한 번이라도 들어 본 적 있어? 없지? 그래. 뭐, 굳이 따지자면 그 이상의 정의는 「열을 전부 구한다」 정도밖에 없겠지. 절대로 불가능한 일이지만 말이야."

"……대체 무슨 말을 하고 싶은 거죠?"

시스티나는 짜증을 숨기지 않고 말했다.

"애초에 그런 식이라면 당신의 정의도 모순된 거 아닌가요? 이쪽은 뭐가 뭔지도 모르는 위협 때문에 우리 세계를 멸망시키려고 하면서!"

"이건 그냥 예시야. 애초에 내 정의는 누구를 구하거나 지키는 것과는 전혀 상관없거든. 조금도. 그래도 뭐, 힌트는 줄게. ……「뭔가를 해내는 자란 끝까지 걸어간 바보이고, 실패하는 자란 결국 멈춰서 버린 현자이다」."

"그, 그 말은……."

저티스의 말을 들은 시스티나와 루미아가 눈을 깜빡였다.

"뭐, 이 세계의 마술사라면 누구나 아는 말이겠지. 글렌, 네 스승…… 세리카 아르포네아의 격언이야. 워낙 유명하다 보니 교과서에도 실려 있는. 그리고 이 말은…… 글렌, 내 숙적인 네게 마지막으로 해주는 조언이기도 해."

"……무슨…… 뜻이지?"

"글렌, 넌 노력했어. 올곧은 네 삶의 모습은 지금까지 정말로 많은 이들에게 영향을 줬을 거야. 이러니저러니 해도 실은 너도 알고 있을걸? 넌 지금까지 항상 남에게 「뭔가」를 주기만 해 왔다는 걸. 그러니 슬슬 그 「뭔가」를 너 자신에게 베푸는 것도 괜찮지 않을까?"

"그러니까! 네가 뭔 소리를 하는 건지 도통……!"

"그리고 이렇게까지 말했는데도 아직도 모르겠다면……

너란 존재는 이제 나에게 아무런 가치도 없어. ……슬프게도 난 나도 모르는 사이에 널 뛰어넘었나 봐. 목표를 향해 그저 우직하게 나아간다는 것의 결말이 이런 허무한 거였다니. 뭐, 이렇게 된 이상 더 싸워 봤자 의미가 없겠지. 그만 끝내자. 실은 막을 내리기에 마침 좋은 물건이 있거든."

그렇게 말한 저티스가 손을 내밀고 주문을 영창했다.

"《모든 세계는 그대가 꾸는 꿈·그대, 만물의 혼돈을 다스리는 자·그대, 눈 먼 백치의 주인》."

그 순간, 세계에 무거운 어둠이 드리워지고 저티스 바로 옆의 시간과 공간이 일그러지기 시작했다.

"……?!"

'이제 와서 뭐지? 새 패턴의 공격인가?'

글렌 일행은 언제든 대처하고 행동할 수 있도록 빈틈없이 사방을 경계했다.

그런 그들을 보고 차갑게 웃은 저티스는 일그러진 공간에 아다만타이트로 된 팔을 집어넣어서 뭔가를 끄집어내더니 여봐란 듯 앞으로 내밀었다.

"……상자?"

그 물건의 정체는 상자였다. 그렇게밖에 표현할 방법이 없었다.

재질이 무엇인지 알아볼 수 없는 일그러진 형태의 그 상자 표면에는 이형의 생물을 모방한 듯한 기묘한 장식이 달려 있었다.

글렌 일행이 그 상자를 응시하자, 뚜껑이 위로 열리며 내용물이 드러났다.

붉은 선으로 각이 그어진 검붉은 색의 다면체형 보석이었다.

그것을 상자 안에서 자라난 기묘한 형태의 일곱 기둥이 떠받치고 있었다.

"뭐야 그건……?"

"이건 그, 《대도사》가 수천 년에 걸친 연구 끝에 집대성한 물건이야. 결국 아카식 레코드를 얻지 못해서 아직 미완성이지만 말이지. 뭐, 최종적인 목적 자체는 아주 시시했지만 그래도 모처럼 마왕이 필사적으로 수천 년 동안 꾸준히 만들어 온 작품인데 이대로 공개도 하지 않고 묻어 버리는 건 좀 아깝잖아? 그래서 내가 대신 급하게 손을 좀 써서 일단 실용 가능한 수준까진 완성했으니 한번 써보려고."

저티스가 그렇게 말했을 때 불현듯 상자 안의 보석이 빛을 발했다.

요사스럽고, 불길하고, 불온하게 빛나기 시작한 것이다.

"……읏!"

"야, 너! 이상한 짓은……!"

글렌 일행이 저티스를 막으려고 움직인 바로 그 순간.

키이이이이이이이이잉!

단숨에 세상 끝까지 물들이는 새하얀 빛에 아무것도 보이지 않게 되었다.

그리고…….

———.

———.

———.

"……어?!"

문득 정신을 차린 시스티나는 어딘가의 고대 유적 같은 기묘한 장소에 있었다.

마치 투기장 같은 모습이었고, 바로 눈앞에는 거대한 문이 우두커니 서 있었다.

'……어라? 여기는…… 비탄의 탑 89층에 있는, 《예지의 문》 앞?'

"흠, 갑자기 왜 그러느냐. 내 귀여운 손녀(시스티나)야."

그러자 한 노인이 별안간 당혹스러워하는 그녀의 얼굴을 들여다보았다.

은발에 가지런한 용모를 한, 인자해 보이는 노인이었다.

상당히 고령으로 보이는 외모였지만, 체격이 좋고 등이 꼿꼿한 것만 봐도 기력과 체력이 충만한 건강한 몸이라는 걸 알 수 있었다.

시스티나처럼 유적 탐색용 장비를 몸에 두른 이 인물의 정체는…….

"……할아버님?"

그녀의 조부 레돌프 피벨이었다.

"흐음, 안색이 안 좋아 보이는구나, 시스티나. 괜찮은 게냐?"

"아…… 그게, 아뇨. 괜찮아요. 잠깐 졸다가 이상한 꿈을 꿨나 봐요. 어젯밤엔 거의 잠을 못 자서……."

"음, 그건 좀 좋지 않구나. 하지만 이해한단다. 실은 나도 어제 야영할 때 흥분 때문에 좀처럼 잠을 못 이뤘으니 말이지."

"……."

그래, 생각났다.

지금 자신은 세상에서 가장 사랑하는 조부와 함께 마침내 알자노 제국 마술학원의 지하 미궁인 《비탄의 탑》을 공략한 상태였다.

힘을 합쳐 연구를 거듭한 끝에 결국 고대문명의 산물인 멜갈리우스의 천공성의 수수께끼를 해명해 낸 것이다.

두 조손의 꿈이었던 천공성은 바로 이 《예지의 문》 너머에 있으리라.

'맞아. 중요한 건 이제부터잖아. 어쩐지 오랫동안 이상한 꿈을 꾼 것 같지만, 지금은 그런 걸 신경 쓰고 있을 때가 아니라구. 마침내 할아버님의, 우리의 비원이 이루어지는 순간이 온 거니까!'

조금 전까지 꿨던 꿈의 내용은 벌써 아무것도 기억나지 않았다.

잠에서 깨는 것과 동시에 마치 신기루처럼 사라진 것이다.

뭐, 하긴 꿈이란 게 원래 그런 법이다.

"자, 그럼 가자꾸나. 시스티나. 이미 《예지의 문》은 열려 있단다."

"예, 가죠! 할아버님!"

서로를 마주 보며 고개를 끄덕인 레돌프와 시스티나는 문을 살며시 밀어젖혔다.

그러자 위에서 아래로 길게 그어진 문틈에서 눈부신 빛과 바람이 느껴지며 마침내 문이 열렸다.

둘은 마치 뭔가에 씐 것처럼 정신없이 한 걸음, 또 한 걸음 나아가 문을 지나쳤다.

—이윽고 두 사람의 눈앞에 펼쳐진 건 꿈에서까지 본 천공성의 위풍당당한 모습과, 눈 아래의 무한한 하늘과, 머리 위의 무한한 대지였다.

"오, 오오오……!"

"아, 아, 아아아아……!"

이 세상의 모든 걸 갖춘 듯한 그 압도적인 광경에 집어삼켜진 레돌프와 시스티나는 너무 감동한 나머지 눈시울을 붉혔다.

"늘…… 항상 이 광경을…… 할아버님과 같이 보고 싶었어요!"

"나도 그렇단다. 나의 귀여운 시스티나……."

두 사람은 나란히 서서 그 행복한 광경을 감상했다.

언제까지고, 하염없이 계속.

————.

————.

————.

"우후훗, 멋지구나. 엘미아나.

"어, 어머니. 이건…… 좀 부끄러워요."

알자노 제국 수도 오를란도에 있는 펠도라도 궁전의 의상실.

현재 이곳에서는 여왕 알리시아 7세의 옷 갈아입히기 인형이 된 루미아가 난처한 표정으로 웃고 있었다.

"예상대로네. 넌 날 닮아서 몸매가 굉장하니 이런 요염하고 아슬아슬한 드레스도 아주 잘 어울려. 첫 사교계는 이 스타일로 가야겠네. 후훗, 이거면 사교계 남자들을 전부 한 방에 함락시킬 수 있겠어."

알리시아가 즐거워하며 웃었다.

"그, 그치만 부끄러운데…… 그리고 전 아직 사교계는 좀……."

"후훗, 무슨 소리니. 엘미아나. 너도 왕실의 고귀한 몸으로서, 만인의 위에 선 자로서 주위에 얼굴을 알리고 신분에 어울리는 격과 예법을 갖춰 둬야지. 그리고 언젠가 공사 양면에서 널 든든하게 받쳐줄 남자도 찾아야 하고. 이번 사교계 데뷔는 그 첫걸음이란다. 아무래도 이런 건 처음이 제일 중요하니 말이야."

"으, 으으……."

"후훗, 걱정하지 마렴. 걱정하지 않아도 이 엄마는 네게 정략결혼 같은 걸 강요할 생각이 조금도 없단다. 장래에는 네가 진심으로 반한 남자를 선택해도 돼. 그런데 만약 그때 네가 반한 상대가 제대로 준비가 안 된 널 보고 환멸하기라도 하면 곤란하잖니? 애초에 많은 사람과 교류를 해봐야 진짜 사랑이 뭔지도 알 수 있는 법이잖아? 그러니 용기를 내서 힘내보자. 응?"

"그건 그렇고 사교계 데뷔라……. 루미도 벌써 그런 나이가 됐나. 세월 참 빠르네."

그런 식으로 알리시아가 루미아를 설득하고 있자, 마침 옆에서 옷 갈아입는 걸 도와주고 있던 언니 레닐리아가 감회어린 표정으로 혼잣말을 했다.

"후훗, 루미도 참 진짜 예뻐졌다니까? 이 정도면 사교계 남자들이 가만두질 않겠어. 어쩌면 일찍 결혼 상대를 찾아서 우리 곁을 훌쩍 떠나 버릴지도?"

"……전 아직 어머니랑 언니랑 함께 있고 싶어요."

레닐리아는 농담으로 던진 말이었지만, 루미아는 아주 조금 쓸쓸해진 얼굴로 대답했다.

"장래에 관한 건 아직 잘 모르겠지만…… 제가 어머니랑 언니 곁을 떠나는 건 상상조차 할 수 없는걸요."

그러자 알리시아와 레닐리아는 서로 마주 보더니 이윽고 루미아의 머리를 부드럽게 쓰다듬어 주었다.

"……미안하구나, 엘미아나. 네겐 좀 이른 이야기였지?"

"응. 결혼했다고 성에서 꼭 나가야 하는 것도 아니고…… 역시 루미한테 아직 결혼은 일러. 불안하게 해서 미안."

"어머니…… 언니……."

"그러게. 한동안은 그냥 우리 모녀 셋이서 화목하게 지내자꾸나. 공무가 바쁘긴 해도, 이렇게 틈틈이 셋이 모여서 일상적인 대화도 나누고 홍차도 느긋하게 즐기면서."

"그거 좋네요. 그럼 제가 바로 차를 준비해 올게요. 어머니."

"고, 고마워요. 어머니, 언니…… 그, 그리고 전……."

그러자 루미아는 뺨을 살짝 붉히더니 뭔가를 결심한 눈으로 입을 열었다.

“전 두 분을…… 정말 좋아해요! 그러니 언제까지나 계속 함께 있었으면 좋겠어요!”

그 고백을 들은 알리시아와 레닐리아는 기쁜 표정으로 웃어 주었다.

————.

————.

————.

“얘! 리엘~!”

“으으…… 일루시아, 끈질겨.”

한 소녀가 다른 소녀를 쫓아다니고 있었다.

그런데 놀랍게도 소녀들의 외모와 체격은 완전히 똑같았다.

굳이 차이를 찾는다면 쫓고 있는 소녀의 머리는 붉은색이고 쫓기는 소녀의 머리는 파란색이라는 것 정도일까.

그리고 파란 머리 소녀의 신체 능력이 워낙 압도적이다 보니 붉은 머리 소녀가 아무리 용을 써도 전혀 붙잡힐 낌새가 없어 보였다.

이윽고 집에서 뛰쳐나간 파란 머리 소녀는 마당을 가로질러 구석에 있는 나무를 마치 고양이처럼 후다닥 오르더니 그대로 가지 위에 걸터앉았다.

붉은 머리 소녀는 따라서 나무를 타는 건 어려웠는지 화가 난 얼굴로 파란 머리 소녀를 올려다보며 설교를 시작했다.

"나 참, 도망치지 말라고 했지! 학교 숙제, 내일까지잖아? 빼먹으면 안 된다구!"

"으…… 재미없으니까 싫어. 내용도 전혀 모르겠는걸……."

"내가 가르쳐 줄게! 그러니 당장 내려와서 해!"

"……우으……."

"아하하, 또 싸우는 거니? 일루시아, 리엘."

두 소녀가 그런 식으로 투닥대고 있자, 마침 집 안에서 착해 보이는 인상의 붉은 머리 청년이 쓴웃음을 짓고 나왔다.

"쌍둥이인데 왜 이리 성격은 딴판인 건지."

"시온 오빠!"

청년, 시온은 나무 앞까지 다가왔다.

"자, 리엘. 위험하니까 내려오렴."

"우……."

"시온 오빠도 뭐라고 좀 해요! 공부 좀 제대로 하라고요! 오빤 우리 담임 선생님이기도 하잖아요!"

그렇다. 일루시아와 리엘은 근처에 있는 학교에 다니고 있고, 시온은 마침 그곳의 교사였다.

당연히 마술은 가르치지 않는 지극히 평범한 학교였다.

"흠, 그러게. 담임으로선 제대로 공부를 했으면 좋겠지만…… 그게, 아무래도 사람마다 적성이라는 게 있잖아?"

"으으~ 그럼 리엘의 적성은 뭔데요."

"음…… 리엘은 감이 굉장하고 체력도 넘치니…… 검이라도 배워 두면 장래에 분명 대단한 검사나 군인이 될 수 있지 않을까?"

"아, 안 돼요! 그런 위험한 장래는 제가 허락 못 해요! 전쟁 같은 건 군인들한테 맡기면 되잖아요! 리엘은 그런 위험한 일과 관계없는 평범한 인생을 살 거예요! 우리랑 같이!"

"아하하하…… 그래, 네 말이 맞아. 나도 동감이야. 오빠로서 동생이 위험한 일을 하는 건 아무래도 걱정되니까 말이지. 뭐, 아무튼…… 너희들 간식으로 먹으라고 딸기 타르트를 좀 구웠는데……."

"……!"

그 순간, 나뭇가지 위에서 점프한 리엘이 그대로 시온과 일루시아의 머리를 훌쩍 뛰어넘어 바닥에 착지하더니 후다닥 집으로 들어갔다.

"아앗~! 거기 서, 리엘! 또 내 거까지 먹어 버리면 진짜 가만 안 둔다?!"

"아하하하, 안심해. 잔뜩 구웠으니까."

일루시아도 리엘의 뒤를 냉큼 쫓아 집으로 들어갔다.

"……그럼 배를 채우고 난 다음 리엘의 공부나 좀 봐줘야겠네."

쓴웃음을 지은 시온도 느긋한 걸음걸이로 집을 향했다.

세 남매의 평범하고 행복한 일상 풍경이었다.

———.

———.

———.

『……이런……!』

남루스는 이를 악물고 뒤를 돌아보았다.

지금 그녀의 눈앞에 있는 것은 저마다 다른 거대한 결정체 안에 갇힌 채 잠들어 있는 글렌, 시스티나, 루미아, 리엘의 모습이었다.

"크크큭, 마왕유물【빛나는 부등변다면체(트라페조헤드론)】…… 이게 바로 마왕의 오의."

저티스가 양팔을 펼치며 느긋한 목소리로 설명했다.

"이 트라페조헤드론 물질에는 꿈과 현실의 경계를 조작하는 힘이 있어. 마왕은 이 힘을 이용해서 타인의 꿈과 현실을 그대로 뒤바꾸는 술식을 구축했던 거야. 뒤바뀐 꿈은 본인에게 있어선 현실이 되고, 그런 식으로 하나의 확고한 세상이 창조되는 셈이지. 그리고 그것들은 새로운 세계선이 되어 계속 이어질 거야. 본인에게는 가장 행복한 세계가 영원토록 말이지. 대신 꿈속 세계의 자신과 뒤바뀐 이 세계에서의 그들은 이런 식으로 시간의 흐름이 완전히 멈춘 상태로 결정화해서 영원히 그 자리에 존재하기만 하는 절대 불멸의 돌덩이가 되고 말아. 뭐, 절대 불멸이라기엔…… 좀 어폐가 있지만.”

『이, 이게……!』

“마왕은 이 힘을 써서 이 세계에 있는 모든 인간의 행복한 꿈의 세계를 창조하려 했어. 그걸 위해 아카식 레코드를 원했던 거야. 그게 바로 마왕의 최종 목적. 어때? 참 시시하지? 그는 대체 왜 이딴 걸 위해…….”

『웃기지 마! 당장 재들을 풀어줘!』

“……그건 무리야.”

남루스가 격노했지만, 저티스는 양팔을 펼치고 고개를 저었다.

“이렇게 된 이상 이쪽 세계에 있는 우리들에겐 손 쓸 방법이 없어. 그야 이걸 깨트리려면 그야말로 한 세계를 완전히 파괴할 정도의 에너지가 필요할 테니까. 그들의 정신이 살고 있는 세계는 이미 하나의 세계나 다름없으니까. ……그렇게까지 해서 꺼내 봤자 그들의 정신이 무사할 거라는 보장도 없고.”

『뭐, 뭐, 뭐어……?!』

남루스는 힘없이 고개를 떨굴 수밖에 없었다.

이래 봬도 그녀는 외우주의 사신 중 하나.

보는 것만으로도, 들은 것만으로도 이해해 버렸기 때문이다.

저티스가《대도사》로부터 강탈한 저 신비의 본질이.

그가 말한 사실과 추호도 다르지 않다는 것을.

『……끄, 끝난 거야?』

떨리는 남루스의 눈에 눈물이 고이기 시작했다.

『이렇게…… 간단히…… 이렇게 어이없게…… 끝나 버리는 거야……?』

이젠 방법이 없다.

글렌도, 시스티나도, 루미아도, 리엘도.

이렇게 돼 버린 이상 남루스를 포함한 그 누구도 그들을 구할 수 없게 된 것이다.

“뭐, 여자들 쪽은 너무 걱정하지 않아도 될걸?”

하지만 이 모든 사태의 장본인은 아무렇지 않게 그런 말을 꺼냈다.

『……뭐어……?』

“예외는 있기 마련이거든. 뭐, 어차피 그들이 보고 있는 건 꿈. 한없이 현실에 가깝다고 해도 꿈은 꿈일 뿐이야. 그렇다면…….”

그 순간.

콰직.

갑자기 시스티나와 루미아와 리엘을 가둔 결정체에 성대하게 금이 가고.

챙그랑!

주위에 파편을 흩뿌리며 그대로 깨져 버렸다.

"……크으으~!"

"헉! 후유……."

"응……!"

마치 악몽이라도 꾼 것처럼 안색이 새파란 시스티나, 루미아, 리엘이 결정체의 속박에서 벗어나 다시 현실로 귀환했다.

『다, 당신들! 무, 무사해서 다행……!』

"감히……."

남루스가 안도하는 한편, 시스티나 일행은 저티스에게 격심한 분노를 드러냈다.

"……감히 나한테 그런 시시한 꿈을 보여줬겠다? 진~짜 사람 열 받게 만드는 인간이네?"

"이건 심각한 모욕이에요……. 절대로 용서하지 않겠어요!"

"응. 절대, 가만 안 둬."

하지만 그 분노를 가볍게 흘려 넘긴 저티스는 남루스를 쳐다보며 의기양양하게 말했다.

"어때? 내가 말한 대로지?"

『대, 대체 어떻게……?』

"아무리 현실에 가깝다고 해도 꿈은 꿈. 언젠가는 깨기 마련이야. 이 미완성 마술은 본인이 행복한 꿈을 꿈이라고 자각하고 냉엄한 현실로 돌아가는 걸 바라면 간단히 풀려. 아카식 레코드의 힘을 더했다면 모를까 이제 와서 그녀들에게 이런 애들 장난이 통할 리가. 그녀들이 지금까지 얼마나 많은 아픔과 갈등을 뛰어넘고 이 자리에 섰는지 알기는 해? 응?"

『그, 그게 당신이 할 말이야?!』

"아, 맞아. 일단 변명해 두긴 하는데, 난 그녀들의 꿈에 손댄 적 없어. 그건 본인들이 마음속 한편에서 진심으로 바라고 있던 꿈이야. 난 어떤 꿈을 꿨는지도 전혀 몰라. 그러니 나에게 뭐라 하는 건 잘못……."

『당신은 그만 좀 닥쳐!』

사람 깔보는 듯한 저티스의 말투가 복장을 완전히 뒤집었지만, 그래도 남루스는 진심으로 안심했다.

『조, 좀 놀라기는 했지만…… 아무튼 이러면 딱히 문제 될 건 없겠네!』

"예, 맞아요. 결국 우리가 해야 할 일은 변함없는걸요!"

“어떻게든 저티스 씨의 【ABSOLUTE JUSTICE】를 깨트리는 것…….”

“……응. 깨자. 난 잘 모르겠지만!”

그렇게 말한 시스티나, 루미아, 리엘은 주위로 흩어지며 전투태세를 취했다.

“선생님! 아무튼 당장은 쉴 새 없이 다양한 공격을 퍼부으면서 상황을 보죠! 저 마술의 약점을 찾는 게 우선이에요! 저희가 보조할 테니…….”

거기까지 말한 소녀들은 그제야 깨달았다.

돌아오는 대답이 없다는 사실을.

“……선생님?”

소녀들은 뒤를 돌아보았다.

그리고 그곳에는 결정체 안에 갇힌 채 잠들어 있는 글렌이 있었다.

“……선생님? 지, 지금 뭐 하시는 거예요?”

“……저기, 선생님……?”

“글렌?”

저마다 불렀지만, 글렌은 아무 말도 없었다. 반응이 없었다.

결정체는 꿈적도 하지 않았다.

『잠깐, 글렌. 지금 뭐 하는 건데? 빨리 일어나.』

그러자 남루스가 글렌이 갇혀 있는 결정체를 찰싹찰싹 때렸다.

『재들도 간단히 탈출했을 정도거든? 그런데 당신이 못 할 리 없잖아. 얼른 나와.』

그러나 아무리 기다려도 글렌의 대답이 돌아오기는커녕 결정체도 깨지지 않았다.

당혹스러움과 동요를 감추지 못하는 시스티나 일행과 글렌을 한 번씩 번갈아 쳐다본 저티스는 모자를 깊게 눌러 쓰고 어깨를 으쓱이며 한숨을 내쉬었다.

"뭐…… 대충 예상하긴 했지만, 넌 여기까지야. 글렌. 넌…… 결국 그 정도였어. 내가 착각했거나, 과대평가했던 거겠지. 잘 자. 내 호적수였던 이여. 부디 영원히, 편안히 잠들기를……."

그 표정은 왠지 슬퍼 보였다.

———.

——.

—.

종장 어렴풋한 현실의 경계에서

드륵, 드륵, 드륵, 드륵…….

바퀴가 도는 소리가 의식을 흔든다.

덜컹, 덜컹, 덜컹, 덜컹…….

편안한 진동이 의식을 흔든다.

살결에 닿는 상쾌한 바람.

그 모든 게 너무나도 아늑하고 현실감이 없어서…… 글렌의 의식이 꿈과 현실의 경계를 헤매고 있을 때.

옆에서 누군가가 움직이는 듯한 기척이 느껴지며 작고 부드러운 뭔가가 뺨에 닿았다.

마치 작은 새가 쫀 것 같은 그 감촉이 따스하게 스며드는 것이 너무나도 기분 좋았다. 언제까지고 계속 느끼고 있고 싶었다.

하지만 이윽고 그의 뺨에 깃든 한 점의 온기는 누군가의 아쉬움을 남긴 채 서서히 멀어져갔다.

"……응……?"

그런 자그마한 상실감에 이끌려 의식이 천천히 각성했다.

눈을 깜빡이고 조금씩 빛에 적응하며 눈꺼풀을 들었다.

그러자 마침 시야 한가득 들어온 것은 바람에 일렁이는 광활한 초원이었다.

푸른 하늘, 하얀 구름, 바람에 흩날리는 풀, 물결치는 녹색 해원.

눈이 번쩍 뜨일 듯한 웅장한 풍경.

어느새 정신을 차리고 보니 자신은 짐마차의 마부석에 앉아 있었다.

조금 전까지 자신의 수면을 유도했던 진동과 바퀴 소리의 정체는 바로 이것이리라.

"……어라? 나……."

글렌이 그렇게 중얼거린 순간.

"……아, 미, 미안. 글렌 군. 혹시…… 내가 깨웠어?"

바로 옆에서 목소리가 들렸다.

왠지 그립고, 이제 두 번 다시 들을 수 없을 거라 여겼던 목소리가.

글렌은 말없이 고개를 돌렸다.

그러자 어깨가 맞닿을 정도로 가까운 옆자리에는 한 소녀가 앉아 있었다.

"음~ 내 고향…… 남원(南原) 알디아까진 이제 금방이야. 그러니 졸리면 자도 돼. 말은 내가 보고 있을 테니까."

그 소녀는 어째선지 조금 상기된 얼굴로 가까이에서 이쪽을 빤히 쳐다보았다.

지금까지 자고 있던 글렌 대신 말고삐를 쥐고 있었던 모양이다.

비단결처럼 아름다운 하얀 머리카락, 도자기 같은 피부, 어딘가의 민족의상 같은 옷, 머리에 단 깃털 장식, 그 싱그러운 피부와 뺨 여기저기에 붉은 안료로 그린 특이한 무늬.

이유는 모르겠지만, 이제 두 번 다시 볼 수 없을 거라 여겼던 모습이 바로 거기에 있었다.

"아…… 아…… 아아……."

"왜 그래? 글렌 군. ……우는 거야? 아하하, 혹시 무서운 꿈이라도 꾼 걸까?"

그녀는 살포시 웃었다.

글렌을 안심시키려는 것처럼 따스하게 미소 지었다.

"안심해. 내가 곁에 있어 줄게. 무서워할 건 아무것도 없어."

"……바보. 아니야. ……그런 게 아니라고. 애처럼 취급하지 마."

글렌은 눈가를 훔치며 시선을 피했다.

애초에 왜 갑자기 눈물이 나온 것일까.

지금까지 대체 무슨 꿈을 꾼 건지는 조금도 기억나지 않았다.

잠에서 깨어나는 것과 동시에 전부 안개처럼 흩어져서 아무것도 떠오르지 않았다.

그래도 뭐, 이렇게 금방 잊어버린 걸 보면 분명 별것 아니었으리라.

하지만 그 순간, 갑자기 왠지 모를 불안과 함께 다시 고개를 돌리면 바로 옆에 있는 그녀의 모습이 마치 꿈이나 환상처럼 사라지는 게 아닐까 하는 엉뚱한 생각이 들었다.

그래서 글렌은 조심스럽게 다시 그녀 쪽을 돌아보았다.

제발 사라지지 말아 달라고 속으로 기도하면서.

"……글렌 군?"

하지만 그녀는 사라지지 않았다.

분명히, 틀림없이 그곳에 존재하고 있었다.

"세, 세라……."

"왜애~? 후훗, 오늘은 왠지 이상한 글렌 군♪"

세라 실바스가 거기에 있었다.
마치 봄바람 같은 미소를 지은 채 눈앞에 있었다.

—꿈이 아니었다.

■작가 후기

안녕하세요, 히츠지 타로입니다.

이번에는 『변변찮은 마술강사와 금기교전』 22권이 발매되었습니다.

편집자님 및 출판 관계자 여러분, 그리고 이 시리즈를 지지하고 응원해 주시는 독자 여러분께 무한한 감사를.

드디어 최종 결전. 이 작품을 상징하는 저 하늘 위 『멜갈리우스의 천공성』에서 작중 최대이자 최흉의 트릭스터 저티스와의 맞대결.

소녀를 구하기 위해, 강대한 적과 맞서 싸우기 위해 천공성으로 향하는 글렌의 모습이 흡사 『정의의 마법사』의 활약을 그린 동화 『멜갈리우스의 마법사』를 재현한 것만 같은…… 이 22권은 어떠셨나요?

제가 이제 후기에서 할 말은 거의 없습니다. 남은 건 이 이야기의 결말까지 쌓아온 걸 전부 꺼내 놓는 것뿐이겠죠.

그건 그렇고 뭐랄까…… 용케도 이 정도까지, 지금까지 아

무렇게나 막 뿌려 둔 복선을 회수하긴 했네요.(웃음)

저와 편집자님이 체크하긴 했지만, 뭐 지금까지 뿌린 복선은 아마 거의 전부 회수했을 겁니다. 아직 초대형 복선이 몇 개 남긴 했지만, 그것도 포함해 다음 권에서 전부 회수되겠죠. 그렇게 해서 마침내 『변변찮은 마술강사와 금기교전』이라는 이야기가 완성되는 겁니다!

제가 여기까지 해낼 수 있었던 건 독자 여러분이 스무 권을 넘는 이 엄청나게 긴 이야기를 계속 지지해 주신 덕분입니다. 정말 감사했습니다!

전력을 다하겠습니다! 우직하게 온 힘을 다해서 쓸 테니 마지막까지 아무쪼록 잘 부탁드립니다!

그리고 Twitter에서 생존 보고 등을 하고 있으니 쪽지나 댓글로 작품에 대한 감상이나 응원을 남겨주신다면 정말 기쁠 것 같습니다. 주로 제가 우쭐대며 의욕 MAX가 되겠죠. 유저명은 『@Taro_hituji』입니다.

그럼 이만! 클라이맥스인 다음 23권에서 뵙겠습니다!

히츠지 타로

■역자 후기

마침내 진정한 최종장에 돌입하며 어느새 파워 인플레도 천원돌파해 버린 22권, 재밌게 읽어 주셨을까요?

실은 작중 초반에 등장했던 잡몹들도 대도사의 악몽에서 구현된 존재라 원본보다 한참 약화되긴 했어도 특성만 놓고 보면 사실 그동안 글렌이 싸워온 적들 중 웬만한 보스들은 명함조차 못 내밀 우주적 공포의 세계관에서 막 튀어나온 괴물들이란 말이죠.

그런데 그런 적들조차 웬만큼 여유 있게 쓸어버릴 정도로 강해진, 심지어 이번 권을 통해서도 실시간으로 무지막지하게 강해지고 있는 글렌과 동료들조차 감히 범접할 수 없을 정도로 성장한 적수의 존재와, 그 뒤에 더 거대한 절망이 기다리고 있을 것으로 예상되는 앞으로의 전개를 작가님께서 과연 어떻게 풀어나가실지 정말 기대가 됩니다.

그리고 그런 노도와 같은 전개 끝에 등장한 건 바로 그 인물! 분명 본편에서 한 번쯤 더 출연 기회가 있을 거라 예상하긴 했습니다만, 현실에선 결국 마지막까지 서로의 진심을 제대로 전달하지 못하고 비극적인 이별을 맞이해야 했던 그들의 진정한 결말은 과연? 그건 부디 다음 권에서 꼭 확인해 주시길 바라며 이만 짧은 후기를 마치겠습니다.

변변찮은 마술강사와 금기교전 22

초판 1쇄 발행 2024년 6월 10일

지은이_ Taro Hitsuji
일러스트_ Kurone Mishima
옮긴이_ 최승원

발행인_ 최원영
본부장_ 장혜경
편집장_ 김승신
편집진행_ 권세라 · 최혁수 · 김경민 · 최정민
커버디자인_ 양우연
국제업무_ 박진해 · 전은지 · 남궁명일
관리 · 영업_ 김민원 · 조은걸

펴낸곳_ (주)디앤씨미디어
등록_ 2002년 4월 25일 제20-260호
주소_ 서울시 구로구 디지털로 32길 30, 코오롱디지털타워빌란트 1301-1308호
전화_ 02-333-2513(대표)
팩시밀리_ 02-333-2514
이메일_ lnovellove@naver.com
L노벨 공식 카페_ http://cafe.naver.com/lnovel11

ISBN 979-11-278-7614-2 04830
ISBN 979-11-86906-46-0 (세트)

값 8,500원

새 엄마가 데려온 딸이 전 여친이었다 1~10권

카미시로 쿄스케 지음 | 타카야Ki 일러스트 | 이승원 옮김

어느 중학교에서 어느 남녀가 연인 사이가 되고,
꽁냥꽁냥거리다, 사소한 일로 엇갈리더니,
두근거림보다 짜증을 느낄 때가 더 많아진 끝에…… 졸업을 계기로 헤어졌다.
그리고 고등학교 입학을 코앞에 둔 두 사람은—
이리도 미즈토와 아야이 유메는, 뜻밖의 형태로 재회한다.
"당연히 내가 오빠지.", "당연히 내가 누나 아냐?"
부모 재혼 상대의 딸이, 얼마 전에 헤어진 전 연인이었다?!
부모님을 배려한 두 사람은『이성으로 여기며 의식하면 패배』라는
「남매 룰」을 만들지만—
목욕 직후의 대면에, 둘만의 등하교……
그 시절의 추억과 한 지붕 아래에 산다는 상황 속에서,
서로를 의식하고 마는데?!

진화의 열매 1~11권

미쿠 지음 | U35(우미코) 일러스트 | 송재희 옮김

어느 날, 히이라기 세이이치가 다니는 고등학교가 학교째 이세계로 이동했다.
돼지&못난이인 세이이치는 반에서 따돌림을 받아 혼자 숲을 헤맨다.
클레버 몽키가 가지고 있던『진화의 열매』를 먹어 허기를 달래지만
스테이터스 중《운》이 제로인 세이이치는 카이저콩 사리아의 습격을 받는다.
그러나…….
"나, 처음. 그러니, 부드럽게 부탁해?"
어째선지 사리아에게 구혼 받았다아아?!

『소설가가 되자』 연재작, 대인기 애니멀 판타지!